Jeunesse

LE VOYAGE
DE
PARVANA

D<small>EBORAH</small> E<small>LLIS</small>

LE VOYAGE DE DE PARVANA

Traduit de l'anglais (Canada)
par Anne-Laure Brisac

HACHETTE *Jeunesse*

Ce livre est dédié aux enfants que nous forçons à être trop courageux pour leur âge.

1

Un homme tapota une dernière fois la poussière amoncelée sur la tombe du père de Parvana – un homme qu'elle ne connaissait pas.

Le mollah[1] du village avait déjà récité le *jenazah*[2], la prière des morts. L'enterrement était terminé.

Parvana s'agenouilla près de la tombe pour arranger tout autour les grosses pierres qu'elle était allée chercher. De petits cailloux pointus lui blessaient les genoux. Elle plaça les pierres une à une, tout dou-

---

1. *Mollah* : religieux spécialiste de l'islam, et qui enseigne cette religion.
2. *Jenazah* : prière musulmane pour les morts.

cement. Elle n'avait aucune raison de se presser. Nul autre endroit où aller.

Il n'y avait pas assez de pierres. Avec celles qu'elle avait ramassées, elle ne pouvait entourer que la moitié du rectangle de terre retournée.

« Étale-les plus », dit un homme, qui se pencha pour l'aider.

Ils répartirent les pierres. Parvana n'aimait pas laisser ces espaces vides entre elles. Un instant elle eut l'idée d'aller en prendre d'autres sur les tombes voisines, mais cela ne lui parut pas correct. Elle en trouverait plus tard. Ce n'étaient pas les pierres qui manquaient, en Afghanistan.

« Lève-toi, maintenant, mon garçon », lui dit l'un des hommes. Les cheveux de Parvana étaient coupés très court, et elle portait le *patou*[1] et le *shalwar kamiz*[2] des hommes. « Ça ne sert à rien de rester là, dans la poussière.

— Fiche-lui la paix, dit un autre. Il pleure son père.

— On a tous des morts à pleurer, mais on n'est

---

1. *Patou* : long châle de laine de couleur grise ou marron porté par les hommes et les garçons afghans.

2. *Shalwar kamiz* : ensemble composé d'une grande chemise et d'un pantalon, que portent aussi bien les hommes que les femmes. Celui des hommes est d'une seule couleur, avec des poches sur le côté et sur la poitrine. Celui des femmes est fait de couleurs différentes, et la forme peut varier d'un modèle à l'autre. Parfois ils sont finement brodés ou garnis de perles.

pas obligé de le faire dans la poussière. Allez, viens, mon garçon, remets-toi debout. Sois fort, ton père serait fier de toi ».

« Va-t'en, pensa Parvana. Va-t'en et laisse-moi avec mon père. » Mais elle resta silencieuse. Elle laissa l'homme l'aider à se relever, frotta ses genoux pleins de poussière. Son regard fit le tour du cimetière.

C'était un grand cimetière, pour un si petit village. Les tombes étaient dispersées çà et là sans aucun ordre, comme si les villageois se disaient que chaque mort qu'ils enterraient était le dernier.

Parvana se revit en train de creuser la terre d'un cimetière pour y trouver des os qu'elles vendraient, à Kaboul, avec son amie Shauzia, pour gagner de l'argent.

« Je ne veux pas qu'on touche à la tombe de mon père », se dit-elle, et elle décida d'empiler autant de pierres qu'il faudrait pour protéger la tombe des visiteurs indélicats.

Elle aurait aimé parler de son père aux gens. Elle aurait raconté qu'il était professeur, qu'il avait perdu une jambe dans un bombardement qui avait frappé le lycée où il travaillait. Qu'il adorait sa fille, qu'il lui racontait des tas d'histoires, et qu'à présent elle était seule, complètement seule, dans ce pays si grand et si triste.

Mais elle ne dit rien.

Les hommes qui étaient là autour d'elle étaient des hommes âgés, pour la plupart. Les plus jeunes étaient plus ou moins invalides, il leur manquait un bras, un œil, ou n'avait plus de jambe. Tous les autres jeunes gens étaient au front, ou étaient morts.

« Il y a eu beaucoup de morts, par ici, lui dit l'homme qui l'avait aidée. Parfois ce sont les taliban[1] qui nous bombardent. Parfois ce sont les autres[2]. Nous étions des paysans. Maintenant nous sommes des cibles. »

Ce n'était pas une bombe qui avait tué le père de Parvana. Il était mort, tout simplement.

« Avec qui est-ce que tu vis, maintenant, mon garçon ? »

Parvana sentit que sa joue lui faisait mal tandis qu'elle se crispait pour ne pas pleurer.

« Je suis tout seul, articula-t-elle.

— Tu vas venir chez moi. Ma femme va s'occuper de toi. »

Il n'y avait que des hommes, près de la tombe de son père. Les femmes devaient rester à la maison. Les taliban n'appréciaient guère qu'elles sortent et aillent se promener toutes seules, mais cela faisait

---

1. Taliban : mot qui signifie « étudiants en théologie ». Groupe d'extrémistes islamistes qui gouvernait l'Afghanistan jusqu'à son renversement par les Américains à l'automne 2001.

2. À l'automne 2001, l'auteur évoque les villageois afghans qui résistent ici aux talibans, ainsi que l'armée américaine qui a contribué à la chute du régime taliban.

longtemps que Parvana avait renoncé à comprendre pourquoi ils haïssaient tant les femmes. Elle avait autre chose à penser.

« Viens, mon garçon », dit l'homme d'une voix douce. Parvana s'éloigna de la tombe de son père et s'en alla avec lui. Les autres les suivirent. Elle entendait leurs sandales qui traînaient sur le sol dur et poussiéreux.

« Comment tu t'appelles ? demanda l'homme à Parvana.

— Kaseem », répondit Parvana, qui donna son nom de garçon. Elle ne savait plus du tout si elle devait faire confiance aux gens et dire la vérité sur son identité. La vérité pouvait lui valoir la prison, ou d'être exécutée. Il était plus facile et plus sûr de ne faire confiance à personne.

« On va d'abord aller prendre tes affaires dans votre abri. Puis on ira chez moi. » L'homme connaissait l'endroit où Parvana et son père avaient installé leur petite cahute. Il avait aidé à transporter le corps de son père jusqu'au cimetière. Parvana pensait qu'il avait peut-être été de ceux qui avaient veillé sur lui, qui s'étaient régulièrement occupés de sa santé, mais elle n'en était pas certaine. Toutes les images de ces dernières semaines se brouillaient dans son esprit.

La bicoque était située à la limite du village, dressée contre un mur en terre écroulé sous le souffle d'un bombardement. Il n'y avait pas grand-chose à

13

récupérer. Son père avait été enterré vêtu des quelques vêtements qu'il possédait.

Parvana se glissa sous la cahute et rassembla ses affaires. Elle aspirait à un peu d'intimité, elle avait envie de pleurer, de penser à son père, mais le toit et les murs n'étaient faits que d'une mince paroi de plastique. Elle savait que l'homme risquait de la voir, tandis qu'il l'attendait patiemment pour l'emmener chez lui. Elle se concentra sur ce qu'elle avait à faire et se retint de pleurer.

Elle roula les couvertures, son autre *shalwar kamiz*, et avec la petite casserole en fit un balluchon. Le même balluchon qu'elle avait porté durant tout le long voyage qui les avait amenés ici depuis Kaboul. À présent elle allait devoir porter en plus d'autres affaires : le sac à bandoulière de son père, où il mettait ses papiers, ses crayons et d'autres petits trésors, telles des allumettes, ainsi que le précieux ballot de livres qu'ils avaient gardés avec eux, cachés, pour que les taliban ne les voient pas.

Elle sortit à reculons de la cahute, traînant les balluchons derrière elle. Elle tira jusqu'à terre la bâche en plastique qui protégeait un coin endommagé du baraquement, la plia en quatre et l'ajouta aux couvertures.

« Je suis prête », déclara-t-elle.

L'homme lui prit un des ballots. « Viens avec moi », dit-il en la guidant à travers le village.

Parvana ne prêtait aucune attention aux maisons aux murs grossièrement recouverts de terre, ni aux monceaux de gravas dus aux bombes – tout ce qui restait du village. Elle en avait tant vu, des villages dans cet état, quand elle voyageait avec son père. Elle n'essayait même plus d'imaginer à quoi ils avaient pu ressembler, avant, lorsqu'il y avait encore des maisons en bon état, des enfants qui jouaient et des parterres de fleurs. Qui avait le temps de s'occuper des fleurs, à présent ? Il était déjà bien assez difficile de trouver de quoi manger tous les jours. Elle gardait la tête baissée et envoyait valser les cailloux de ses pieds tout en marchant.

« Voilà, c'est chez moi. » L'homme s'était arrêté devant une petite bicoque en torchis. « Elle a été bombardée cinq fois, et cinq fois je l'ai reconstruite », dit-il avec fierté.

Un lambeau de tissu vert recouvrait la porte d'entrée. Il l'écarta et poussa Parvana à l'intérieur.

« C'est le garçon en deuil dont je t'ai parlé », dit-il à sa femme. Celle-ci, penchée sur sa couture, posa son ouvrage et se leva. Parvana était toute jeune : la femme ne remit pas son *tchadri*[1]. Trois petites filles

---

1. *Tchadri* : vêtement fait dans une longue toile à l'allure de tente et que les taliban avaient imposé aux femmes qui voulaient sortir. Le *tchadri* les recouvre de la tête aux pieds, et possède un petit grillage serré au niveau des yeux. Traditionnellement fabriqué en coton, il est maintenant le plus souvent en polyester.

la regardaient, nichées dans un coin au fond de la pièce.

Parvana était l'invitée : on lui réserva la meilleure place, dans cette petite maison toute sombre d'une seule pièce. On lui avait donné le matelas le plus épais, par terre, pour s'asseoir et elle buvait le thé que la femme lui avait apporté. Un thé léger, mais cela la réchauffa et elle se détendit.

« Nous avons perdu notre fils, dit la femme. Il est mort de maladie, ainsi que deux de nos filles. Si tu veux, tu peux rester ici avec nous, tu serais notre fils.

— Je dois retrouver ma famille, dit Parvana.

— Tu as de la famille, en dehors de ton père ?

— Ma mère, ma grande sœur Nooria, ma petite sœur Maryam, et mon petit frère, c'est encore un bébé, Ali. » Tout en prononçant leurs noms, Parvana les revoyait, leurs visages se dessinaient dans son esprit. À nouveau elle fut sur le point de pleurer. Elle avait envie d'entendre sa mère lui dire ce qu'elle devait faire dans la maison, ou Nooria lui donner un ordre de son ton autoritaire, ou sentir le petit l'entourer de ses bras.

« Moi aussi, j'ai de la famille dans plusieurs endroits », dit la femme. Elle allait ajouter quelque chose mais elle fut interrompue par des voisins qui venaient d'entrer. Elle s'empressa d'attraper son *tchadri* qui était resté suspendu à un clou, l'enfila de manière à se couvrir la tête et prépara le thé. Puis elle

16

s'assit dans un coin de la pièce, silencieuse, le visage impassible.

Les hommes s'assirent sur les matelas alignés le long des murs et regardèrent Parvana. Ils revenaient du cimetière.

« Tu as de la famille, ailleurs qu'ici ? » demanda l'un d'eux.

Parvana énuméra à nouveau leurs noms. Ce fut plus facile, cette fois-là.

« Ils sont au Pakistan ?

— Je ne sais pas où ils sont, dit Parvana. Mon père et moi, nous sommes partis à leur recherche, nous avons marché depuis Kaboul. Ils étaient allés à Mazar-e-Sharif pour le mariage de ma sœur, mais les taliban se sont emparés de la ville, et je ne sais pas où ils sont, maintenant. Mon père et moi, nous avons passé l'hiver dans un camp, au nord de Kaboul. Là-bas, il est tombé malade, mais au printemps il allait mieux et il s'est dit qu'il pouvait se remettre en route. »

Parvana n'avait pas envie de parler de l'intense fatigue de son père ; chaque jour il se sentait plus faible. Depuis des semaines, elle avait l'impression qu'il allait mourir en chemin, tandis qu'ils marchaient, seuls, dans les montagnes escarpées d'Afghanistan. À leur arrivée au village, il ne pouvait plus faire un pas.

Cela faisait si longtemps, à présent, qu'ils erraient

de village en village, d'une tente de fortune à des camps plus vastes aménagés pour les habitants que la guerre faisait fuir. Durant le voyage, il toussait tellement, il était tellement épuisé, qu'il ne pouvait même pas sortir. Il n'y avait jamais grand-chose à manger, mais il lui arrivait d'être si faible qu'il ne parvenait même pas à avaler le peu de nourriture qu'ils avaient. Parvana se frayait un passage dans le campement, cherchant désespérément un petit quelque chose qui redonnerait de l'appétit à son père, mais combien de fois elle était revenue de ses escapades les mains vides.

Elle ne dit rien de tous ces moments à ces hommes qui l'interrogeaient. Elle ne leur dit pas non plus que son père avait été jeté en prison, arrêté par les taliban sous prétexte qu'il avait fait des études en Angleterre.

« Tu peux rester ici, avec nous, dans le village, dit l'un d'eux. Ça peut devenir ta maison, ici.

— Il faut que je retrouve ma famille.

— Oui, c'est très important, dit un autre, mais c'est dangereux, d'aller et venir ici et là en Afghanistan tout seul. Tu resteras ici. Tu reprendras tes recherches quand tu seras plus grand. »

Une violente lassitude s'abattit sur Parvana comme un coup de crosse. « Je resterai », dit-elle. Tout d'un coup elle n'avait plus suffisamment d'énergie pour discuter. Sa tête retomba sur sa poitrine, et elle sentit que la femme l'allongeait et étendait une couverture sur elle. Elle s'endormit sur-le-champ.

Parvana demeura dans le village encore une semaine. Elle empilait des pierres sur la tombe de son père et tâchait de trouver le courage de repartir.

Les filles de la famille étaient gentilles avec elle et cela lui faisait du bien. Elle jouait à la corde avec les petites. La plus grande, qui avait l'air d'avoir à peine deux ans de moins que Parvana, l'accompagnait chaque jour au cimetière, et l'aidait à transporter des pierres et à les empiler sur la tombe pour la protéger.

Et c'était réconfortant d'avoir à nouveau une mère qui s'occupe d'elle, qui lui fasse la cuisine, qui veille sur elle, même si ce n'était pas sa vraie mère. Elle avait presque l'impression de retrouver une vie normale, avec les tâches banales de la vie normale, la cuisine, le ménage. Comme elle était invitée, elle n'était pas censée aider aux corvées de la maison, et elle passait l'essentiel de son temps à se reposer et à se consacrer au deuil de son père. Il lui venait parfois l'envie de rester là, d'être un fils pour ces gens qui l'avaient si gentiment accueillie. Le voyage qui l'attendait allait être long et solitaire.

Mais il lui fallait aussi retrouver les siens. Elle ne

pouvait pas passer sa vie à être déguisée en garçon. Elle avait déjà treize ans.

Un après-midi, on était à la fin de la semaine, un groupe d'enfants passa la tête dans l'entrebâillement de la porte de la maison où habitait Parvana.

« Tu viens avec nous, aujourd'hui ? demandèrent-ils. Tu peux venir avec nous, maintenant ? »

Cela faisait des jours qu'ils venaient la supplier de se joindre à eux pour aller voir la grande attraction du village. Jusqu'à présent Parvana n'en avait eu aucune envie, mais ce jour-là elle répondit : « D'accord, on y va. »

Les enfants la prirent par la main puis grimpèrent tout en haut d'une colline, située à l'autre bout du village par rapport au cimetière.

Un char soviétique tout rouillé se dressait au sommet, masqué par des rochers. Les enfants rampèrent sur l'engin, d'une manière qui rappela un court instant à Parvana les balançoires de la cour de son ancienne école, à Kaboul. Ils jouèrent à la bataille, ils se tiraient dessus avec leurs doigts en forme de revolver, tout le monde mourait, puis ils sautaient sur leurs pieds et recommençaient.

« On s'amuse bien, hein ? demandaient-ils à Parvana. On est le seul village de la région à avoir notre char à nous. »

Parvana voulut bien reconnaître que le char était formidable. Elle ne leur dit pas qu'elle en avait déjà vu des centaines, des chars, sans compter les avions de guerre écrasés au sol. Elle s'arrangeait toujours pour les éviter, effrayée à l'idée que les fantômes des soldats morts ne sortent de l'habitacle et ne lui sautent dessus.

La nuit suivante, Parvana fut réveillée par une main qui lui secouait doucement l'épaule. La petite main se plaqua ensuite sur sa bouche pour l'empêcher de crier.

« Viens voir dehors », chuchota une voix au creux de son oreille. L'aînée des filles s'empara des balluchons de Parvana et sortit. Il fallait absolument ne faire aucun bruit. Le reste de la famille dormait au fond de la pièce.

Parvana prit ses sandales et son châle, et sortit à pas lents de la maison.

« Il faut que tu partes, maintenant, dit la fille une fois qu'elles furent hors de portée des voix. J'ai entendu les vieux qui parlaient entre eux. Ils vont te livrer aux taliban. On attend l'arrivée des soldats ici d'un jour à l'autre, et les hommes croient que les taliban leur donneront de l'argent s'ils te livrent à eux. »

Parvana s'encapuchonna dans son châle et enfila rapidement ses sandales. Elle tremblait de tout son corps. Elle savait que la fille ne mentait pas. Des histoires de ce genre, elle en avait tant entendu dans le camp, l'hiver précédent, où son père et elle avaient séjourné.

« Tiens, voici un peu de quoi manger et boire, dit la fille en lui tendant un paquet ficelé dans un morceau de tissu. C'est tout ce que j'ai osé prendre, sinon je risquais de me faire attraper. Comme ça tu pourras peut-être tenir jusqu'au prochain village.

— Comment pourrai-je te remercier ?

— Emmène-moi avec toi, supplia la fille. Ici, ma vie, c'est comme si elle n'existait pas. Il doit bien y avoir un endroit un peu meilleur qu'ici, de l'autre côté de ces collines, mais toute seule je ne peux pas y aller. »

Parvana n'arrivait pas à regarder la fille en face. Si elle l'emmenait avec elle, tous les hommes du village partiraient à leur poursuite. La fille courrait un grand danger d'avoir déshonoré sa famille, et Parvana serait livrée aux taliban.

Elle entoura la fille de ses bras, le cœur serré à l'idée d'abandonner sa « sœur ».

« Rentre à la maison, dit-elle dans un souffle. Je ne peux rien faire pour toi. » Puis elle s'empara de ses affaires et quitta le village sans regarder une seule fois derrière elle.

Elle marcha sans s'arrêter jusqu'à ce que le soleil se cache au bas de l'horizon, le lendemain soir. Elle trouva un endroit abrité du vent par des rochers et contempla le splendide paysage, son pays. La plaine était nue, la roche affleurait, mais les collines se fondaient dans le ciel de leur rouge éclatant.

Elle s'assit et mangea un petit morceau de *nan*[1], but un peu de thé. Personne en vue, seulement des collines et le ciel.

« Je suis complètement seule », dit-elle à voix haute. Ses paroles furent emportées dans les airs.

Si seulement elle avait eu quelqu'un avec qui parler...

« J'aimerais tant que Shauzia soit ici », dit-elle. Shauzia était sa meilleure amie. Toutes les deux, elles avaient été habillées en garçon, à Kaboul, pour pouvoir gagner un peu d'argent. Mais Shauzia était quelque part au Pakistan. Impossible de lui parler.

Ou peut-être que si. Parvana plongea la main dans le sac de son père – le sien, à présent –, prit un stylo et un carnet. S'appuyant sur le sac pour s'en faire un bureau, elle se mit à écrire.

Chère Shauzia,
Il y a une semaine, j'ai enterré mon père...

---

1. *Nan* : pain plat qu'on trouve dans les pays orientaux, qui peut être de forme allongée ou rond.

2

« Quatorze fois cinq, soixante-dix. Quatorze fois six, quatre-vingt-quatre. Quatorze fois sept, quatre-vingt-dix-huit. » Parvana se récitait les tables de multiplication tout en marchant le long des collines désertiques. C'était son père qui lui avait fait prendre cette habitude.

« Le monde est une grande salle de classe », disait-il toujours, avant de donner à sa fille une leçon de science ou de géographie. Il avait enseigné l'histoire, mais il connaissait également tout un tas d'autres choses.

Il leur arrivait de circuler à l'arrière d'une carriole ou d'un camion, traversant les villages les uns après les autres, allant d'un camp à l'autre à la recherche des autres membres de la famille. Souvent, pourtant, ils devaient marcher, et les leçons qu'il improvisait rendaient les journées un peu moins longues.

S'ils étaient seuls, il lui apprenait à lire l'anglais et à le parler, il traçait les lettres dans la poussière quand ils s'arrêtaient pour faire une pause. Il lui racontait des histoires tirées des pièces de Shakespeare et lui parlait de l'Angleterre, où il avait passé plusieurs années comme étudiant.

Quand les nuits étaient claires, s'il n'était pas trop épuisé par la marche, il lui expliquait les étoiles et les planètes. Durant les longs et froids mois d'hiver, il lui parlait des grands poètes afghans et persans. Il récitait leurs poèmes, et elle les répétait des dizaines de fois jusqu'à les savoir par cœur.

« Ton cerveau a besoin de s'exercer, c'est exactement comme ton corps, disait-il. Un cerveau qui paresse, ça ne fait de bien à personne. »

Parfois, tout en marchant, ils évoquaient leur famille. « Il est grand comment, Ali, maintenant ? » demandait son père. Il avait passé plusieurs mois en prison et quand il avait été libéré, le petit garçon avait quitté Kaboul avec le reste de sa famille. Parvana essayait de se rappeler la taille de son frère la dernière fois qu'elle l'avait tenu dans ses bras, puis ils calculaient celle qu'il pouvait bien avoir aujourd'hui.

« Maryam est vraiment futée, se souvenait Parvana.

— Toutes mes filles sont futées, disait son père. Toutes, quand vous serez grandes, vous serez des femmes fortes et courageuses, et vous reconstruirez notre pauvre Afghanistan. »

Chaque fois que son père et elle parlaient de leur famille, c'était comme si Mère et les enfants étaient tout simplement en vacances, en sécurité et heureux de vivre. Ils ne faisaient jamais allusion à ce qui les tracassait.

Parfois ils marchaient sans dire un mot. C'étaient les moments où son père souffrait trop pour pouvoir parler. Les blessures dont il avait été victime au moment du bombardement de son école n'avaient jamais tout à fait cicatrisé. Les coups qu'il avait reçus en prison, la mauvaise nourriture et le manque de soins médicaux dans les camps, tout cela faisait que bien souvent il souffrait beaucoup.

Parvana détestait ces moments où elle ne pouvait rien faire pour arranger les choses.

« On peut s'arrêter un petit peu, Père, proposait-elle.

— Si nous nous arrêtons, nous mourons, répondait invariablement son père. On continue. »

Ce jour-là Parvana ressentit au ventre une douleur qu'elle connaissait bien. Le peu de riz, de *nan* et les quelques mûres que la fille lui avait donnés avaient duré trois jours. À chaque repas elle prenait garde de n'en manger qu'une petite portion, puis elle ficelait prestement le reste dans le balluchon de toile pour s'empêcher d'avaler le tout d'une seule bouchée. Mais elle avait quitté le village depuis quatre jours déjà, et à présent il ne lui restait plus rien.

« Quatorze fois huit, cent douze. Quatorze fois neuf, cent vingt-deux… non, ce n'est pas ça. » Elle essaya de repérer le moment où elle s'était trompée, mais elle avait trop faim pour pouvoir réfléchir calmement.

Un bruit parvint à ses oreilles, depuis l'autre bout de la plaine déserte – ce n'était pas un bruit d'être humain, ni un bruit d'animal, ni celui d'une machine. Cela monta puis retomba, et durant un instant Parvana crut que c'était le vent qui gémissait entre les collines. Mais le temps était clair. Pas un souffle alentour.

Parvana traversa une petite vallée parsemée de buttes. Le bruit, ce bruit étrange, rebondissait de colline en colline. Elle n'arrivait pas à savoir exactement d'où il venait. Elle eut l'idée de se cacher, mais il n'y avait là ni arbre ni rocher derrière lequel elle aurait pu se nicher.

« Je continue, tant pis », dit-elle à voix haute, et le son de sa propre voix la réconforta un peu.

Le sentier s'incurva et le son jaillit tout d'un coup à ses oreilles.

Cela venait d'un endroit juste au-dessus d'elle.

Parvana leva les yeux et vit la silhouette d'une femme prostrée, tout en haut de la colline. Elle avait rejeté son *tchadri* en arrière de sa tête et laissait voir son visage. C'était d'elle que venait ce bruit si étrange.

Parvana se hissa jusqu'au sommet de la colline. La pente était raide, son balluchon lui pesait, et arrivée en haut elle se retrouva en nage et le souffle court.

Il lui fallut plusieurs minutes pour reprendre sa respiration ; puis elle s'avança au-devant de la femme et lui adressa un petit signe.

Le gémissement était ininterrompu.

« Ça ne va pas ? » demanda Parvana. Pas de réponse. « Vous avez de quoi manger ? de quoi boire ? » Toujours aucune réponse, et ce gémissement.

D'où pouvait bien venir cette femme ? Aux alentours, aucun village, aucun campement. La femme n'avait ni sac ni balluchon avec elle – rien qui puisse indiquer qu'elle était en voyage.

« Comment vous appelez-vous ? » demanda Parvana. « D'où venez-vous ? Où allez-vous ? » La femme ne la regarda pas, ni ne signifia en aucune manière qu'elle savait que Parvana était là debout devant elle.

Parvana posa ses sacs et lui fit de grands gestes des bras. Elle sauta dans tous les sens, frappa dans ses mains près de ses oreilles. Toujours ce gémissement, et rien d'autre.

« Arrêtez ce bruit ! cria Parvana. Arrêtez ! Je suis là, vous ne voyez pas ? » Elle se pencha vers la femme, l'attrapa par les épaules et la secoua violemment. « Vous êtes une adulte ! C'est vous qui devez vous occuper de moi ! »

Et ce gémissement qui ne s'arrêtait jamais...

Parvana avait envie de la frapper. De lui donner des coups de pied, de la pousser brusquement dans les fourrés jusqu'à ce qu'elle arrête enfin ce bruit et lui donne à manger. Elle la secouait avec fureur et leva même la main pour la gifler quand tout à coup elle vit ses yeux.

C'étaient deux globes éteints. Plus de vie dans ce regard. Parvana avait déjà vu cela, ce regard inanimé, dans les camps de réfugiés de l'intérieur[1]. Elle avait vu des gens qui avaient tout perdu, qui n'espéraient plus qu'on leur prodigue de l'amour ou de la tendresse, qui n'imaginaient plus qu'un jour ils pourraient rire à nouveau.

« Il y a des gens qui sont morts avant de mourir, lui avait dit une fois son père. Tout ce qu'il leur faut, c'est du calme, du repos, un médecin qui connaisse

_____

1. Camps où sont rassemblés les Afghans chassés de leurs villages par les bombardements. Ils restent dans leur pays mais ont la même vie, aussi précaire et difficile, que s'ils étaient des étrangers exilés et réfugiés en dehors de leurs frontières.

bien ces maladies, et qu'ils puissent entrevoir, sur leur route, là-bas au loin, un petit mieux qui viendra un jour. Mais dans les camps ? Dans les camps, comment trouver cela ? Déjà qu'ils ont à peine une couverture. Quand tu rencontres ces gens-là, Parvana, passe ton chemin. Tu ne peux rien faire pour eux, et tout ce qu'il te reste d'espoir, ils vont te l'enlever. »

Parvana se souvint des paroles de son père. Elle n'eut plus envie de frapper la femme. Celle-ci ne pouvait rien pour elle, et elle-même ne pouvait rien pour cette femme : elle reprit ses ballots et redescendit au pied de la colline. Puis elle s'éloigna du plus vite qu'elle put, jusqu'à se trouver loin, loin du cri de douleur de cette femme.

3

Plus tard, cet après-midi-là, Parvana s'allongea un peu, en haut d'une corniche qui donnait à pic sur une petite vallée.

Quelques petites masures en terre – juste un hameau – en ruine. Parvana reconnut les dégâts dus aux bombardements. La guerre faisait rage en Afghanistan depuis plus de vingt ans. Il y avait toujours quelqu'un pour lancer une bombe sur quelqu'un d'autre. Des milliers de bombes avaient frappé Kaboul. Partout des bombes, des bombes, des bombes...

En bas, dans la vallée, rien ne bougeait, si ce n'est

un morceau de vêtement qui flottait à la porte d'entrée d'une cahute.

Parvana savait que des soldats s'introduisaient parfois dans un village qu'ils avaient bombardé pour occuper les maisons abandonnées par leurs habitants. Elle les avait vus faire, lorsqu'elle parcourait les routes avec son père.

Elle observa le village durant un bon moment mais ne vit rien bouger. Tout doucement, elle descendit vers les maisons. Une grande partie de la muraille qui entourait le village avait été détruite, mais il y avait encore maints endroits où des soldats auraient pu se cacher.

Parvana entra dans le hameau, marchant avec beaucoup de précaution dans les décombres. Elle pénétra dans les ruines de ce qui avait été des habitations d'une seule pièce. Des matelas, des plaids, des casseroles et des tasses de thé jonchaient le sol.

Une vision familière : celle d'une maison que ses habitants ont dû fuir en catastrophe. Sa maison à elle avait ressemblé à cela, lorsque ses parents avaient saisi au vol deux ou trois objets avant de courir pour échapper aux bombes.

Elle se demandait où avaient bien pu se réfugier les habitants de la bicoque. Sans doute reviendraient-ils reconstruire les lieux quand ils jugeraient que le danger était passé.

Il y avait quelque chose d'étrange à être là, seule dans ce village désert. Elle eut la sensation qu'on l'observait, mais elle ne vit personne.

Soudain, un gémissement lui parvint, faible, mêlé à la brise. On aurait dit le miaulement d'un chaton. Parvana se dirigea vers l'endroit d'où venait le bruit.

Il venait de la dernière maison. Parvana resta un instant sur le pas de la porte. Une partie du plafond était effondrée, et elle cherchait à distinguer quelque chose parmi les décombres.

Et tout d'un coup elle le vit. Ce n'était pas un chaton.

Dans le coin d'une pièce se trouvait un bébé, allongé sur le dos. Un morceau de vêtement sale le recouvrait à peine, comme si c'était le vent qui l'avait déposé sur lui. Le bébé pleurait faiblement. Il pleurait comme s'il avait pleuré depuis des heures, et n'avait plus aucun espoir que quelqu'un viendrait le voir.

Parvana se dirigea vers lui.

« Ils t'ont laissé tout seul ? Viens voir, petit bout de chou. » Elle prit le petit être dans ses bras. « Ta famille a eu peur et ils t'ont oublié ? »

Puis elle entendit les mouches et vit la femme morte écrasée sous les décombres.

Parvana s'empressa de sortir, le bébé dans ses bras, se protégeant les yeux du soleil éclatant.

« On ne t'a pas oublié, dit-elle. Ta mère t'aurait pris avec elle, si elle avait pu. »

À la lumière du jour, Parvana vit que le bébé était un garçon, à moitié nu et couvert de crasse.

« Il va falloir que je te fasse ta toilette, dit-elle. Mais d'abord on va te donner à manger. Il doit bien y avoir de la nourriture, quelque part dans les parages. »

Parvana emmena le bébé en direction de la maison qui lui paraissait la moins démolie. Elle voulut le poser par terre pour partir à la recherche de ce dont elle avait besoin, mais l'enfant s'accrocha à elle en hurlant. Pas question qu'on le laisse de nouveau seul !

« D'accord, bébé. Je te garde dans mes bras. » Ce furent les livres de son père et d'autres objets à elle qu'elle choisit de poser par terre.

La maison où elle était entrée ne comptait qu'une seule pièce. Dans un coin se trouvait un pot plein de riz, épais et compact, qu'on pouvait détacher de la casserole. Elle découvrit aussi quelques *nan,* tout secs et rassis, mais qu'importe ? Au moins c'était quelque chose à manger.

« On va se régaler, mon bébé », dit Parvana. Elle avait repéré un ruisseau à l'entrée du village. Elle prit un récipient sur l'étagère de la maison et s'en alla le remplir.

Le bébé avait un peu de mal à boire à même la

tasse. L'eau dégoulinait en grande partie sur son visage, mais Parvana se dit qu'il devait forcément en avoir bu un peu. Elle trempa un morceau de *nan* sec dans un peu d'eau et le donna à manger au petit. Il dévorait tout ce qu'elle lui donnait, les yeux fixés sur elle.

« Tu es aussi petit que mon frère Ali la dernière fois que je l'ai vu, dit-elle. Non, je dis des bêtises. Tu es plus petit. Enfin bref, ça se salit tout le temps, les bébés, je connais ça. Je vais te laver, et après je me laverai moi. Et après encore, on se fera à nouveau à manger. »

Il fallut qu'elle retourne dans la maison de l'enfant pour tâcher de lui trouver quelques vêtements de rechange. Elle dénicha une petite barboteuse en tricot, quelques bouts de tissus qui pourraient lui servir de couches, et un petit chapeau. La maison était tellement endommagée qu'il était inutile d'y espérer découvrir quoi que ce soit d'autre, et Parvana n'appréciait pas tellement d'avoir à circuler autour du corps de la mère de l'enfant.

Il faudrait que je l'enterre, pensa-t-elle, mais je ne peux pas. C'est au-dessus de mes forces.

Elle lança un morceau de tissu sur le visage de la femme, au moins cela éloignerait les mouches. Elle n'avait aucune envie d'avoir à revenir là.

Puis elle prit le bébé dans ses bras, les vêtements propres, et elle se dirigea vers le ruisseau.

« Tu es un brave petit bonhomme », dit-elle tandis qu'elle lui ôtait ses habits crasseux et le lavait. Elle lui parlait avec cette voix chantante un peu enfantine qu'ont parfois les adultes quand ils s'adressent aux bébés. « Ce ne sera pas difficile de s'occuper de toi. Aucun problème. Ce sera comme si j'avais un petit chiot. » Parvana avait toujours rêvé d'un petit chiot.

L'eau était froide, mais l'enfant ne protestait pas. Il se contentait de fixer Parvana du regard. Ses petites fesses étaient toutes rouges à force d'être restées dans leurs couches sales si longtemps, et il était maigre comme tout, mais en dehors de cela il n'avait pas l'air en mauvaise santé.

Parvana l'habilla de vêtements propres.

« Tu n'es pas mieux, comme ça ? »

Elle ignorait si la famille du petit parlait ou non le dari[1]. Peut-être leur langue était-elle le pachtou[2], et qu'il ne comprenait pas un traître mot de ce qu'elle lui disait. Elle finit par se dire que cela n'avait pas d'importance. C'était tout simplement agréable d'avoir quelqu'un avec qui faire la conversation.

---

1. Dari : l'une des nombreuses langues parlées en Afghanistan.
2. Patchou : l'une des deux langues principales en Afghanistan.

Elle installa le petit entre des rochers, avec une couverture dans le dos en guise de coussin, de la sorte il pouvait voir qu'elle restait près de lui. Elle posa non loin d'elle son *shalwar kamiz* de rechange, ôta ses vêtements crasseux et sauta dans l'eau à son tour.

« Eh oui, je suis une fille ! dit-elle au bébé. Mais ça reste un secret entre nous, d'accord ? » Le bébé gloussa.

Elle se frotta la peau avec du sable et lava ses vêtements de la même façon, avant de les étendre au soleil pour les faire sécher.

De retour dans la maison du village la moins endommagée, elle y partagea à nouveau un peu de pain avec l'enfant. Lequel, une fois rassasié, s'endormit.

Tout doucement, Parvana le coucha sur un *doshak*[1] et lui étendit une couverture sur le corps. Elle s'assit à ses côtés, et le regarda dormir. Il était propre comme un sou neuf, il était beau, et quand elle toucha de sa main sa petite paume, les doigts délicats du bébé s'enroulèrent autour de sa main si grande. Nulle image de guerre sur ce visage endormi, dans cette respiration qui soulevait régulièrement sa poitrine.

---

1. *Doshak* : mince matelas qu'on voit dans beaucoup de maisons afghanes et qui sert de siège ou de lit.

« Tu t'appelleras Hassan, dit-elle. Tout le monde doit avoir un nom. »

Elle s'étira sur le matelas à ses côtés. « Fais de beaux rêves », chuchota-t-elle. Puis elle s'endormit à son tour.

Elle dormit jusqu'au lendemain matin, profitant du confort du matelas sur lequel elle s'était étendue. D'habitude, elle n'avait droit qu'à un sol dur pour tout matelas. Tout en se réveillant tout doucement, encore engourdie par la torpeur de la nuit, elle se demanda si elle pourrait rouler le *doshak,* en faire un petit ballot qu'elle emporterait avec elle.

Il y eut un bruit du côté de Hassan, qui acheva de réveiller complètement Parvana. Il la regardait, et quand leurs regards se rencontrèrent, il lui adressa un splendide sourire et agita ses bras vigoureusement.

« Bonjour, Hassan », dit Parvana. C'était tellement agréable d'avoir de la compagnie...

Elle le prit dans ses bras et jeta prudemment un coup d'œil dehors. Tout était calme. Aucune troupe de soldats n'était venue envahir le village pendant la nuit.

« Tu as faim, Hassan ? demanda-t-elle. Qu'est-ce que tu dirais d'un bon bol de riz pilaf bien cuit, avec des raisins, et de gros morceaux d'agneau rôti ? Après ça, on pourrait avoir droit à des boulettes de *bolani*[1], des tomates et des oignons, et plein de gâteau de pâtes. Pas mal, non ? »

Tout en décrivant le menu du repas, Parvana avait installé le bébé sur sa hanche. Ainsi accroché à elle comme à une branche d'arbre, il ressemblait à un petit singe, comme elle en avait vu un jour dans son livre de géographie. Elle racla la bouillie de riz froid qui restait dans le pot et la partagea avec l'enfant.

Après le petit déjeuner, ils partirent en exploration dans le campement, à la recherche d'objets qui auraient pu leur être utiles. Parvana se tint à l'écart de la maison de Hassan, et ils ne rencontrèrent aucune âme qui vive.

Ils découvrirent, à quelques mètres derrière les maisons, un minuscule bâtiment qui se révéla être une petite étable, où se trouvaient deux chèvres et quelques poulets. Parvana savait vaguement comment on trayait les chèvres et elle fut folle de joie de voir que chaque fois qu'elle pressait la mamelle il en jaillissait un beau jet de lait qui ne tarda pas à remplir un bol. Elle en donna une grande gorgée à Hassan, et s'en délecta un peu elle aussi. Il était chaud et sucré.

Quant aux poules, elles ne se laissaient pas facile-

---

1. *Bolani* : sorte de boulette de viande.

ment approcher : pas question qu'on leur prenne leurs œufs.

« J'ai plus besoin de ces œufs que vous », dit-elle, et elle finit par s'emparer d'une vieille planche de bois, l'agita devant les volatiles jusqu'à ce qu'ils bondissent hors de leur cage en poussant de grands cris perçants. Elle posa les œufs sur une étagère élevée, dans la maison où elle s'était installée. Elle voulait éviter de les écraser en marchant dessus par mégarde.

Tant que Hassan pouvait voir Parvana, il ne bronchait pas, et Parvana s'arrangeait pour qu'ils ne s'éloignent pas l'un de l'autre.

Elle passait de maison en maison, dégageant des décombres tout ce qui pouvait lui être utile. Elle plaçait le tout dans une grande bâche en plastique qu'elle tirait derrière elle. À la fin, elle étala tous ses trésors par terre.

« Je n'aime pas prendre les affaires des autres, dit-elle à Hassan, mais si je dois m'occuper de toi, il faut que ton village m'aide un peu. »

Elle examina tout ce qu'elle avait récupéré et choisit très soigneusement ce qu'elle allait pouvoir transporter avec elle. Elle possédait déjà une petite casserole : elle prit un couteau bien aiguisé, une couverture, deux ou trois bougies, quelques boîtes d'allumettes, une paire de ciseaux et un morceau de corde. À tout cela elle ajouta une cuiller à long manche et deux tasses. C'était de toutes petites tasses, peut-être pouvait-elle apprendre à Hassan à s'en servir. Il avait l'air astucieux comme tout.

Elle assembla aussi un balluchon de vivres : farine, riz, oignons, carottes et abricots secs, bref tout ce qu'elle avait pu trouver de comestible. Elle y ajouta un flacon en fer-blanc rempli d'huile de cuisine.

Et pour couronner le tout, une merveilleuse trouvaille : un morceau de savon enveloppé dans du papier décoré de roses. L'emballage avait l'air un peu ancien. Parvana se demandait où les gens se l'étaient procuré, et pour quelle occasion exceptionnelle ils le gardaient précieusement.

Elle posa les deux ballots auprès de la porte de la maison la moins abîmée, à côté de ses propres affaires.

« Voilà, nous pouvons continuer notre voyage, nous sommes prêts, dit-elle à Hassan. On va partir à la recherche de ma mère. Je la laisserai m'aider à m'occuper un peu de toi, mais c'est moi qui commande, et pas elle, d'accord ? Nooria – c'est ma grande sœur – essaiera sûrement de te commander, je te parie. Elle ne peut pas s'en empêcher. C'est son genre, de vouloir être le chef. Mais je ne la laisserai pas faire. »

Tout était prêt pour le départ, mais elle hésitait encore à s'en aller.

« Je vais juste faire un peu le ménage dans la maison, d'abord », dit-elle à Hassan qui la regardait s'agiter, vaguement assoupi sur le *doshak*.

À l'aide d'un balai sommaire qu'elle trouva suspendu à un clou, Parvana donna un bon coup de propre à la pièce. Comme il y avait une épaisse poussière partout, cela lui prit pas mal de temps, mais le sol avait une tout autre allure, à la fin. Seulement le reste de la petite maison avait l'air bien terne, à présent, comparé à ce beau sol tout propre ; aussi laissa-t-elle l'enfant endormi sur le *doshak* et courut-elle jusqu'à la rivière pour aller remplir le pot d'eau. Elle passa un coup d'éponge sur les murs et toutes les étagères, retournant à deux reprises à la rivière pour changer l'eau. La maison tout entière, en peu de temps, devint bien plus jolie.

« Tiens, et si je plantais des rosiers, dehors ? » dit-elle à voix basse pour ne pas réveiller le petit. Durant des siècles on avait cultivé en Afghanistan de magnifiques jardins. Ses parents lui en avaient souvent parlé. De tout cela il ne restait plus rien, tous les jardins avaient été détruits par les bombes avant sa naissance.

Elle vida le pot d'eau sale dehors, étendit ce qui lui servait de serpillière, et ressentit tout d'un coup une immense fatigue. Elle s'allongea auprès de Hassan et ne tarda pas à s'endormir à son tour.

Elle ne se réveilla que vers le milieu de la nuit.

L'obscurité était totale, et durant quelques minutes elle ne put se rappeler où elle se trouvait. Elle eut un moment de panique. Puis Hassan, qui dormait toujours, se retourna dans son sommeil. Elle se blottit à ses côtés, ferma les yeux pour ne pas se laisser impressionner par l'obscurité, puis parvint à se rendormir.

Le lendemain matin elle construisit un foyer non loin de la rivière et entreprit de faire frire les cinq œufs qu'elle avait dénichés. Elle se rendit compte qu'elle aurait dû mettre un peu d'huile au fond de la casserole, mais il était trop tard, les œufs attachaient au fond, ils ne ressemblaient pas du tout aux œufs que faisait sa mère. Mais ils étaient délicieux, c'était ce qui comptait, et Hassan et elle engloutirent ces œufs brouillés jusqu'à la dernière miette. Elle alla même jusqu'à gratter avec un bâton le fond de la casserole où il restait encore quelques morceaux.

Les œufs lui firent penser aux poulets.

« Tu crois que c'est dur de tuer un poulet ? » demanda-t-elle à Hassan.

Elle l'emmena vers la petite grange, et de nouveau ils se gavèrent de lait de chèvre tout frais. Puis elle installa l'enfant sur un tas de paille et entreprit de s'occuper des poules.

« L'une d'entre vous va se retrouver dans notre

assiette, ce soir, annonça-t-elle. Il y en a une que ça intéresse ? »

Aucune poule ne se porta volontaire.

« Je suis plus grande que vous », rappela-t-elle aux volatiles en se mettant à courir après la plus rapide. Cette dernière adressa à Parvana des regards effarés et s'échappa au moment où elle allait lui mettre la main dessus.

Hassan éclata de rire.

« Tu ne m'aides pas beaucoup », dit Parvana tout en riant elle aussi.

Les poulets n'avaient aucune envie de se laisser attraper, et ils jouèrent avec Parvana à ce jeu de course-poursuite dans toute la grange, au grand bonheur de Hassan.

Elle était sur le point de s'élancer une ultime fois sur un poulet qu'elle avait acculé dans un recoin, quand son regard fut attiré par quelque chose du côté de la fenêtre de la grange.

En deux secondes elle avait pris Hassan dans ses bras et partait en courant comme une folle dans leur maison. D'un geste elle souleva les ballots qu'elle avait préparés et s'éloigna à toute vitesse du village, complètement paniquée.

De loin, elle avait vu les turbans noirs des taliban. Ils marchaient en direction du village. S'ils la trouvaient et pensaient qu'elle était un garçon, ils risquaient de l'enrôler de force dans leur armée. S'ils la trouvaient et découvraient qu'elle était une fille…

C'était trop horrible, mieux valait ne pas y penser.

Parvana n'eut pas le temps d'y penser. Elle se contenta de courir, et grimpa sur la colline pour s'éloigner le plus vite possible du village.

Comment se fit-il que Hassan ne hurla pas, comment se fit-il que les taliban ne la virent pas courir à toutes jambes à travers les collines, comment se fit-il qu'elle ne trébucha pas sous le poids de tout ce qu'elle portait ? Parvana ne le sut jamais. Elle courait, courait, courait sans s'arrêter. Et quand elle s'arrêta enfin, le village et les taliban étaient à trois collines de distance.

Cela n'avait pas du tout dérangé Hassan, d'être ainsi bousculé dans tous les sens. Il trouvait cela extrêmement drôle, et il lui adressa un magnifique sourire.

« Ça doit être bien, d'être petit », dit Parvana qui reprenait son souffle et essuyait la bave qui coulait sur le visage de l'enfant.

Elle savait bien qu'elle n'allait pas pouvoir continuer à tout porter. Ne serait-ce que le poids des balluchons qui allait l'épuiser sous peu. Mais elle n'osait pas se débarrasser de la nourriture qu'elle avait rassemblée.

« Qui sait quand nous pourrons en trouver d'autre ? » dit-elle à Hassan.

Quant aux autres balluchons, tout ce qu'ils contenaient lui parut également pouvoir lui être d'une grande utilité.

Restaient les livres de son père.

Elle ouvrit le ballot dans lequel elle les avait rangés. Quatre gros livres, à la couverture épaisse, et un plus petit, recouvert de papier. Plus un exemplaire d'un magazine féminin clandestin pour lequel sa mère avait écrit des articles quand elle était à Kaboul. Des femmes l'avaient fait imprimer au Pakistan puis passer en cachette en Afghanistan. Parvana était censée les donner à sa mère quand elles se reverraient.

« Je vais enterrer les trois plus gros livres, déclara-t-elle, et je reviendrai un de ces jours, comme ça je les retrouverai. »

À l'aide d'une pierre, elle creusa le sol, il était sec et dur, mais elle parvint à faire un trou assez profond pour y enfouir les livres. L'un d'eux était un ouvrage de science, l'autre parlait d'histoire, le troisième était un livre de poésie persane. Elle n'avait même pas de tissu pour les envelopper : elle versa directement sur les couvertures la terre rouge et poudreuse et les fit disparaître.

Elle aplanit soigneusement le sol en le tapotant à plusieurs reprises, puis déplaça du pied quelques

pierres et quelques galets pour empêcher que quiconque ne se doute que quelque chose était enterré
là. Elle pensa à son père, sous la terre, avec ses livres.
À présent, il avait quelque chose à lire.

Le cœur gros, Parvana reprit ses balluchons,
l'enfant, et se remit en route.

4

Accroupie à l'entrée de la grotte, Parvana écoutait le bruit que faisait quelque chose, ou quelqu'un, qui avait dû y entrer avant elle.

Hassan s'agitait et gigotait dans tous les sens. Parvana posa son doigt sur ses lèvres, mais cela n'eut aucun effet : peut-être n'entendait-il pas, ou se moquait-il de ce qu'elle lui demandait. Il continuait à geindre, à donner des coups de pied dans le vide, et à pousser de petits cris comme font parfois les tout-petits.

Quand on était en voyage, porter un bébé était bien différent que de porter un balluchon. Le balluchon, on pouvait le secouer, le lancer d'une épaule à l'autre. On pouvait le laisser tomber quand les bras fatiguaient trop, ou même l'envoyer valser devant soi quand on se sentait découragé et qu'on ne savait plus quelle route il fallait suivre.

Mais un bébé, il fallait le porter avec précaution, pas question de le laisser tomber, de le lancer ou de le jeter. Hassan était un enfant mignon comme tout, seulement il lui arrivait de se faire bien lourd, d'être grincheux et casse-pieds.

Parvana avait mal au dos et aux épaules. Elle ne voyait pas comment porter de manière un peu moins inconfortable tout ce dont elle avait besoin, et elle avait beau se réciter toutes les tables de multiplication du monde, cela n'estompait pas la douleur.

La grotte, qui était située non loin d'un petit ruisseau, serait un bon endroit pour se reposer quelques jours, pourvu que quelque loup ne s'y cachât pas.

Hassan poussa un long hurlement, empêchant Parvana de pénétrer dans les lieux aussi discrètement qu'elle l'aurait voulu. Elle marcha en direction de l'entrée, inspecta l'intérieur de la grotte, puis fit un pas en avant.

Cela ressemblait à un surplomb formé par la roche, plutôt qu'à une vraie grotte. Ses yeux s'habituaient à la très faible lumière, et elle put voir le mur du fond. La grotte était assez haute pour qu'elle puisse s'y tenir debout, assez large pour qu'elle puisse s'y étendre, et il restait encore plein de place pour y poser ses balluchons. Les rochers formaient tout autour d'elle comme un cocon de pierre, c'était un abri plutôt correct malgré tout. Elle allait pouvoir y dormir sans que quiconque s'approche d'elle à son insu. Elle resterait là un petit moment, et se reposerait un peu.

« Sors de ma grotte ! »

Parvana fit demi-tour et se mit à courir au-dehors avant même que les échos de la voix ne cessent de se répercuter sur les parois rocheuses. Quand elle s'arrêta, épuisée, ses jambes tremblaient encore tant elle avait eu peur.

Quand enfin elle ralentit, son cerveau lui transmit un message, un signe qu'elle n'avait pas pu entendre quelques minutes plus tôt, tant son esprit avait été envahi par la frayeur : la voix qu'elle avait entendue crier depuis le fond de la grotte était une voix d'enfant.

Parvana cessa de courir et reprit son souffle. Elle se retourna et son regard se porta à nouveau vers la grotte. Elle n'allait tout de même pas laisser un enfant l'empêcher de se reposer un jour ou deux !

« On y retourne, et on va voir qui est là-dedans », dit-elle à Hassan.

Elle se dirigea donc à nouveau vers l'entrée.

« Coucou ! cria-t-elle.

— Je vous ai dit de sortir de ma grotte ! » hurla la voix. Oui, c'était bien une voix d'enfant.

« Et qu'est-ce qui me dit que c'est ta grotte ? demanda Parvana.

— Je suis armé. Dehors ou je vous tire dessus. »

Parvana eut un moment d'hésitation. Beaucoup de garçons, en Afghanistan, étaient effectivement armés. Mais dans ce cas, pourquoi n'avait-il pas déjà tiré ?

« Je ne te crois pas, dit Parvana. Je ne pense pas que tu sois un tueur. Si tu veux mon avis, tu es un enfant, exactement comme moi, et c'est tout. »

Elle fit encore quelques pas en avant, essayant de discerner quelque chose dans l'obscurité.

Une pierre vint la frapper à l'épaule.

« Arrête ça immédiatement ! hurla-t-elle. J'ai un bébé avec moi.

— Je t'avais prévenu, tu devais rester là où tu étais.

— D'accord, c'est bon, tu as gagné, dit Parvana. Hassan et moi, on te laisse. On se disait juste que cela t'aurait plu de partager notre repas avec nous, mais j'imagine que tu préfères lancer des pierres. »

Il y eut un moment de silence.

« Pose la nourriture ici et va-t'en.

— Il faut d'abord que je cuise les aliments, dit Parvana qui repartait. Si cela te dit, tu n'as qu'à sortir pour les prendre. »

Elle posa le bébé à terre, à un endroit où elle ne pouvait pas le perdre des yeux, et continua de parlementer tout en cueillant des herbes sèches et des branchages pour allumer un feu. L'eau du ruisseau était claire, le débit rapide : il serait donc possible de la boire sans avoir besoin de la faire préalablement bouillir.

Elle plongea sa casserole dans l'eau. « Regarde, Hassan, voilà de l'eau fraîche, elle est délicieuse, dit-elle. Pas vrai ? Tu peux tout boire ; on va se faire une soupe drôlement bonne. » Elle lui glissa un morceau de *nan* rassis pour qu'il se tienne tranquille jusqu'à ce que le repas soit prêt.

Parvana entendit le bruit d'un pas un peu traînant. Du coin de l'œil elle aperçut un petit garçon qui jetait des regards depuis l'entrée de la grotte. Il était assis par terre. Elle lui tendit de l'eau.

Il était entièrement couvert de crasse et était enveloppé de cette puante odeur d'égout qu'elle avait sentie dans les camps où elle avait passé l'hiver. Une des jambes de son pantalon était posée sur le sol, plate et vide, là où il y avait eu autrefois une jambe. « Il doit avoir neuf ou dix ans », songea Parvana.

Elle posa le pot d'eau de manière à ce qu'il puisse l'atteindre, puis retourna à sa cuisine. Elle l'entendit qui déglutissait à grand bruit.

« Apporte-moi à manger, ordonna le garçon en lui lançant le pot.

— Je n'aime pas qu'on me jette les choses comme

ça, dit Parvana. Si tu veux manger, viens ici prendre de la nourriture toi-même.

— Je ne peux pas marcher ! cria-t-il. Espèce d'idiote, tu n'as rien remarqué ! Alors viens m'apporter à manger. »

Parvana alla vers lui, un morceau de *nan* à la main. Le garçon lui lançait des regards furibonds, pleins de haine et de rage. Et de peur, pensa-t-elle. Ses cheveux étaient tout emmêlés, couverts de saleté. Son visage couvert d'égratignures, ses vêtements en lambeaux. Elle ne lui donna pas tout de suite le morceau de pain.

« C'est vrai que tu es armé ? demanda-t-elle.

— Puisque je te le dis. » Et il tendit la main vers le pain.

« Tu me réponds d'abord, et je te donne à manger ensuite. »

Le garçon piqua une crise de rage. Il jurait, hurlait, et lançait de pleines poignées de cailloux et de terre sur Parvana. Il en perdit le souffle et fut pris d'une grosse quinte de toux. Une toux grasse et profonde, qui lui secouait toute la poitrine, comme le père de Parvana. Elle se demanda comment quelqu'un d'aussi rachitique pouvait trouver la force d'être aussi désagréable.

« Si je lui souffle dessus, il tombe », pensa-t-elle.

« Non, je n'ai pas d'arme, finit par reconnaître le

garçon. Mais si je veux, je peux en trouver une n'importe quand, alors fais gaffe à ce que tu fais ! »

Parvana lui donna le pain. Il n'en fit qu'une bouchée. Elle alla chercher encore un peu d'eau et la fit bouillir sur le petit foyer. Quand le riz fut cuit, elle en posa un peu sur une pierre plate et l'apporta au garçon.

« Comment tu t'appelles ? »

Le garçon fronça les sourcils et regarda le riz. « Asif. » Parvana lui donna le bol. Puis elle s'occupa de donner à manger à Hassan.

« Moi, c'est Parvana, dit-elle tout en fourrant de petites boulettes de riz dans la bouche de l'enfant. Je suis à la recherche de ma famille. J'ai trouvé ce bébé dans un village qui avait été bombardé. Je l'ai appelé Hassan. » Elle se servit de riz.

« Pourquoi est-ce que tu portes un nom de fille ? » demanda Asif.

Parvana ressentit tout d'un coup un vent glacial lui parcourir le dos. Comment avait-elle pu commettre une erreur pareille ? En deux secondes elle essaya de trouver une idée pour réparer sa gaffe, mais elle se sentit tout d'un coup trop fatiguée pour inventer un mensonge.

« Je suis une fille, dit-elle. Je faisais semblant d'être un garçon, à Kaboul, ça me permettait de travailler. Quand on a commencé ce voyage, avec mon père, c'était plus facile de continuer à faire comme si j'étais un garçon.

— Pourquoi est-ce que ton père ne travaillait pas ? Il était fainéant ?

— Non, il n'était pas fainéant, et je t'interdis de dire un seul mot désagréable sur lui », cria Parvana en tapant furieusement le sol à l'aide d'une pierre. Le bruit fit sursauter Hassan, qui se mit à pleurer.

« Je dirai ce que je veux. Ce n'est pas une fille qui va me donner des ordres, tonna Asif.

— Tu m'obéiras, si tu veux que je continue à te donner à manger, cria Parvana. Oh, Hassan, tais-toi ! »

Mais ces hurlements ne faisaient que le faire hurler lui-même encore plus fort, et il n'avait pas l'air de vouloir s'arrêter.

Parvana leur tourna le dos à tous les deux. Elle tenta de se concentrer sur le petit feu qui s'éteignait tout doucement, se réduisant à présent à quelques braises fumantes.

Enfin elle se calma. Hassan ne faisait plus entendre que de faibles gémissements. Parvana le prit dans ses bras et le berça sur ses genoux jusqu'à ce qu'il s'endorme. Puis elle étendit une couverture et l'y enveloppa pour le protéger de la fraîcheur de la nuit.

Elle avait presque oublié la présence du garçon de la grotte, quand celui-ci l'interrogea à nouveau.

« Et maintenant, il est où, ton père ? »

Parvana jeta quelque poignées d'herbes sèches brunâtres sur les morceaux de bois et les regarda se dissoudre rapidement dans les flammes.

« Il est mort », répondit-elle dans un souffle.

Asif resta silencieux, quelques instants. Puis : « Je le savais, que tu étais une fille. Tu es bien trop moche pour être un garçon. » Sa voix était plus faible que tout à l'heure, comme si toute combativité l'avait quitté. Parvana se rendit compte qu'il s'était allongé. Elle alla lui chercher une couverture.

« Qu'est-ce que tu faisais dans cette grotte ?

— Je ne réponds plus à tes questions débiles.

— Dis-le-moi, et tu pourras te servir de cette couverture.

— J'en veux pas, de tes couvertures qui puent », répliqua-t-il en marmonnant, le visage enfoui dans le sol. Parvana ne savait pas si elle devait lui balancer un bon coup de pied ou le recouvrir de la couverture.

Puis Asif reprit la parole, d'une voix si faible qu'il fallait qu'elle se penche vers lui pour entendre ce qu'il disait.

« J'ai été poursuivi par un monstre, dit-il. Je veux dire, c'est moi qui poursuivais un monstre. Il a disparu dans un trou de la grotte, et il va sûrement ressortir cette nuit, il te dévorera toute crue, et ça me fera drôlement plaisir. »

Parvana s'éloigna, sans lui avoir donné de coup de pied, ni l'avoir recouvert. Elle se contenta de poser la couverture par terre hors de sa portée.

Elle s'assit à côté de Hassan. Dans le ciel, il ne restait plus qu'un tout petit peu de lumière. Elle prit son carnet et son stylo.

Chère Shauzia,

J'ai rencontré une créature très bizarre, aujourd'hui. C'est à la fois un garçon et un animal sauvage. Il a perdu une jambe, et il se cache dans une grotte.

On pourrait croire qu'il est content que je m'occupe de lui, qu'il m'en est reconnaissant, mais plus ça va, plus il est odieux. Comment quelqu'un d'aussi petit peut-il être aussi horrible ?

Tant pis. Je me fiche bien de lui. Demain matin je le laisserai ici. Je dois retrouver ma famille, et tout ce qu'il pourrait faire c'est me retarder.

Peut-être que je devrais aussi laisser le bébé. Ce ne sont pas mes frères, ces garçons ! Je n'en ai rien à faire, après tout.

Il était tard, et il faisait trop sombre pour pouvoir continuer à écrire. Parvana repoussa son carnet et son stylo. Elle leva les yeux vers le ciel, et se souvint alors des leçons d'astronomie que son père lui donnait.

Au bout d'un moment, elle se releva et se dirigea

vers Asif. Il dormait, étendu de tout son long à même la terre, comme s'il serrait le sol dans ses bras. Elle prit la couverture qui se trouvait à côté de lui et l'en recouvrit, puis alla s'étendre pour dormir aux côtés de Hassan.

5

« Tu devrais te laver, dit Parvana à Asif.

— Arrête de me dire ce que je dois faire, répliqua-t-il d'un ton hargneux.

— Tu sens mauvais.

— Toi aussi.

— C'est pas vrai », dit Parvana, même si cela était tout de même probablement le cas, du moins un tout petit peu. Mais enfin, sûrement pas autant qu'Asif.

« Si tu ne vas pas te laver, tu ne mangeras pas, déclara-t-elle.

— Je n'aime pas ta nourriture infecte. J'ai tout plein à manger dans ma grotte. De la bonne nourriture. Pas cette pâtée que tu fais cuire.

— Eh bien, d'accord, va croupir dans ta crasse puante. Ça m'est égal. De toute façon, aujourd'hui on te laisse ici, il va falloir qu'on fasse des kilomètres et des kilomètres pour ne plus sentir ta puanteur. Peut-être même qu'il faudra qu'on marche jusqu'en France.

— En France ? Ça n'existe pas, la France.

— Tu n'as jamais entendu parler de la France ? Et c'est *toi* qui me traites d'idiote ? »

Asif lui lança la couverture à la figure. Mais elle retomba à mi-chemin : en plein mouvement, il avait été pris d'une quinte de toux. Sa chemise était déchirée et on lui voyait les côtes, qui saillaient sous l'effort, entre deux quintes.

Parvana lui tourna le dos et secoua la couverture pour en ôter la poussière. Cela la fit éternuer, et elle n'en fut que plus furieuse.

« À cause de toi, ma couverture sent mauvais », dit-elle d'un ton accusateur à Asif, qui de son côté était trop occupé à tousser pour faire attention à elle. Elle étendit la couverture au soleil, peut-être qu'ainsi l'odeur s'estomperait. C'était une astuce que lui avait apprise son père.

« Toi aussi, tu sens mauvais », dit-elle en bougonnant à Hassan. Au moins quelqu'un qui allait lui obéir. Elle l'arracha aux pierres qu'il prenait un malin plaisir à faire se heurter les unes les autres, et se mit à le déshabiller sans ménagement.

Hassan hurla de rage.

« Tu t'y prends n'importe comment ! »

Parvana sursauta en entendant la voix d'Asif, elle ne s'y attendait pas ; elle se retourna et le vit qui se laissait glisser sur les fesses vers le ruisseau.

« Qui t'a permis de t'approcher de moi ?

— Tu t'y prends n'importe comment, dit-il à nouveau.

— Je sais parfaitement ce que je fais. J'ai un frère et une sœur plus jeunes que moi.

— Ils doivent te détester.

— Ils m'adorent. Je suis la meilleure grande sœur au monde.

— Ils sont certainement fous de joie de savoir que tu es ici, complètement perdue, comme ça ils ne te reverront plus jamais. »

Parvana planta Hassan, qui hurlait toujours, sur les genoux d'Asif. « Tu peux faire mieux, c'est ça ? Alors vas-y, essaie. »

Hassan cessa de pleurer à l'instant même. Parvana ouvrit grands les yeux et la bouche : la fureur d'Asif se dissipait et son visage s'apaisait tandis que les petits doigts de Hassan cherchaient à lui attraper le nez.

« Va me chercher mes béquilles », dit-il à Parvana.

Elle fut sur le point de lui crier qu'elle n'avait pas à obéir à ses ordres, mais l'idée des béquilles lui parut astucieuse.

« Où est-ce qu'elles sont ?

— Si je le savais, je ne te dirais pas d'aller les chercher », dit-il avec une logique un peu agaçante.

Elle les trouva non loin de l'entrée de la grotte. L'une à plusieurs mètres de l'autre.

« Il a dû les laisser tomber quand il tentait d'échapper à ses poursuivants », pensa Parvana, qui les prit avec elle et les apporta jusqu'au ruisseau.

Asif était assis là, tout habillé, Hassan dans ses bras. Le petit gloussait tandis qu'Asif le frottait de tous les côtés. Parvana posa les béquilles par terre et chercha dans un de ses ballots des vêtements propres pour le bébé. Tout au fond, elle retrouva son deuxième *shalwar kamiz*. Elle le sortit également, ainsi que le morceau de savon à la rose qu'elle avait rangé dans le sac de son père. Elle en ôta le papier : il sentait bon.

« Tu voudras peut-être ça », dit-elle, posant le savon et les vêtements sur le bord du ruisseau. Elle avait également pris des couches propres. « Le savon, ce n'est pas pour manger », ne put-elle s'empêcher d'ajouter d'un ton un peu sec.

Asif s'en empara, mais ne parut pas l'entendre. Il était trop occupé à jouer avec le bébé.

Parvana fit quelques mètres en aval du ruisseau et frotta les vêtements de Hassan avec du sable. Elle était en train d'étaler les couches propres au soleil pour les faire sécher quand elle entendit Asif l'appeler : « Ça y est, sa toilette est finie. Prends-le. »

Elle attendait qu'Asif se rapproche pour lui tendre l'enfant, mais se rendit compte tout d'un coup qu'il n'avait pas la force d'effectuer un tel geste. Elle entra dans le ruisseau et lui prit Hassan des bras.

« Maintenant va-t'en, je veux me laver tranquillement », dit-il.

Elle déposa Hassan à l'entrée de la grotte pour l'habiller. Il était tout rose, apparemment ravi de son bain. Il restait encore un peu de pain, elle lui en donna un petit bout à mâcher.

« Hé, idiote, viens voir par là ! »

« Il n'y a aucune raison pour que je lui réponde », pensa-t-elle.

« J'ai dit : viens voir par là. »

Parvana entreprit de jouer aux marionnettes avec Hassan et fit mine de ne pas entendre le garçon.

« Comment tu t'appelles, déjà ? » dit Asif d'un ton qui n'était pas moins désagréable que celui de Parvana une minute plus tôt.

Parvana prit l'enfant et retourna au ruisseau. Asif avait enlevé sa chemise et l'avait lancée sur la rive. Il était affalé par terre, comme s'il ne pouvait plus se relever tout seul. Ses cheveux étaient couverts de savon.

Parvana remplit d'eau l'une des tasses et entra

dans le ruisseau. Il détourna le regard quand elle arriva derrière lui.

Elle eut un choc quand elle vit les cicatrices qui lui sillonnaient le dos. Certaines étaient anciennes, elles faisaient comme partie intégrante de son corps. D'autres étaient récentes, encore purulentes et pleines de croûtes.

« Il a vraiment été poursuivi par un monstre », pensa Parvana.

« Ne reste pas là, grogna-t-il.

— Tourne le dos. » Elle plongea la tasse dans le courant. « Ferme les yeux, ordonna-t-elle. Ferme la bouche aussi. » Puis, comme sa mère le faisait pour elle, elle lui versa de l'eau sur les cheveux pour les rincer.

Tous les efforts qu'il avait dû faire avaient épuisé le garçon. Il s'endormit au soleil, peu après que Parvana lui eut passé son *shalwar kamiz*.

La lessive était faite, elle séchait sur les rochers. Parvana installa Hassan sur une couverture, puis prit son carnet et son stylo.

Chère Shauzia,

J'ai de plus en plus de mal à me rappeler les traits de ton visage. Parfois, quand je pense à toi, la seule image que j'arrive à me représenter, c'est toi dans ton uniforme d'école bleu, avec ton tcha-

dor[1] blanc, quand nous étions élèves à Kaboul. Tu avais les cheveux longs, à l'époque. Moi aussi.

Parfois je me passe la main derrière la tête et j'essaie de me souvenir combien mes cheveux étaient longs. Je crois que je sais jusqu'où ils m'arrivaient, mais peut-être que je me trompe.

J'arrive à peine à me souvenir qu'autrefois je dormais dans un lit, que je devais faire mes devoirs avant de regarder la télévision et jouer avec mes amies. J'arrive à peine à me souvenir qu'on mangeait des glaces et des gâteaux. C'était vraiment moi, cette petite fille ? Est-ce que c'est vrai qu'un jour j'ai laissé une grosse part de gâteau dans mon assiette parce que je n'en avais pas envie ? J'ai dû rêver. C'est impossible que j'aie eu une vie pareille.

Ma vie, c'est de la poussière, des pierres, des garçons mal élevés, des bébés maigrichons ; et des jours et des jours à chercher ma mère alors que je n'ai pas la moindre idée de l'endroit où elle peut se trouver.

---

1. *Tchador* : pièce de tissu portée par les femmes et les filles, qui leur recouvre la tête et les épaules.

6

Parvana fit un peu le ménage dans la grotte en se servant de sa sandale comme balai. Elle aimait bien que le sol soit propre, même si cela ne durait jamais très longtemps.

« On pourrait l'arranger un peu », se dit-elle. Elle se serait bien adressée à Hassan, mais l'enfant était en train de jouer avec Asif au bord du ruisseau. Même quand elle était seule, elle parlait tout haut. Elle aimait entendre sa voix sourde qui faisait rebondir les mots d'une paroi à l'autre de la grotte.

« On pourrait par exemple mettre des étagères, là, dans ce coin », dit-elle, et ses doigts parcouraient les aspérités du rocher qui allaient pouvoir soutenir les planches, si du moins ils trouvaient un peu de bois. « Maryam et moi, on pourrait dormir devant, Mère et Ali dormiraient au fond, comme ça Ali ne pourrait pas sortir sans devoir passer devant nous. »

Et Nooria ? Parvana fronça les sourcils, et mesura du regard l'espace réduit de la grotte. Elle haussa les épaules. Nooria pouvait fort bien dormir dehors.

Le sol était propre. Parvana, plutôt contente du résultat, remit sa sandale avant d'aller rejoindre les autres près du ruisseau.

« Qu'est-ce que tu faisais ? » demanda Asif. Il était en train de tresser de longues herbes pour essayer de fabriquer un petit bateau. Hassan n'avait d'yeux que pour lui.

« Je nettoyais la grotte.

— Pour quoi faire ? C'est juste une grotte. C'est idiot d'y faire le ménage.

— Décidément, tu crois toujours avoir raison, dit Parvana, les bras croisés. Il y a énormément de choses que tu ne connais pas. Peut-être que ce n'est pas seulement une grotte. Peut-être qu'il y a un trésor, dans cette grotte.

— Non mais qu'est-ce que tu racontes ? Hassan est plus sensé que toi. Les grottes avec des trésors dedans, ça n'existe pas.

— Si, ça existe, insista Parvana en haussant le ton. C'est même exactement le genre de grotte qu'Alexandre le Grand aurait utilisée pour cacher son trésor. » Elle attendit qu'Asif lui demande qui était Alexandre le Grand, pour qu'elle puisse lui montrer combien elle était savante, mais il continua à s'occuper de son bateau.

Elle frappa du pied sur le sol, une fois, deux fois, trois fois, puis finit par reprendre la parole.

« Alexandre le Grand était un général qui vécut il y a très longtemps. Il s'empara de tas de trésors dans tous les pays qu'il conquit.

— C'était un voleur, tu veux dire. On aurait dû lui couper les mains.

— Non, ce n'était pas un voleur », reprit Parvana avec insistance. Mais tout en parlant, elle se demandait si elle disait bien la vérité. « Les gens l'adoraient. Ils lui donnaient leurs trésors.

— Tu es en train de me dire qu'il traversait une ville, et que les gens l'adoraient tellement qu'ils lui donnaient tous leurs biens, comme ça, c'est tout ?

— Exactement, reprit-elle.

— Eh bien alors, ils étaient drôlement idiots, déclara Asif. Si j'avais un trésor, je ne m'en séparerais jamais. » Il finit sa tresse et déposa le petit bateau sur l'eau du ruisseau.

« Et puis de toute façon, pourquoi est-ce qu'il aurait enterré son trésor ? demanda Asif. Pourquoi est-ce qu'il ne l'aurait pas gardé avec lui ?

— Sans doute qu'il en avait plein, c'était très lourd à porter, dit Parvana. Il avait tellement de trésors que ses chevaux pliaient sous la charge, et il fallait qu'il en enterre une partie sinon les chevaux se seraient cassé le dos.

— Alors pourquoi est-ce qu'il n'est pas venu les rechercher ?

— Peut-être qu'il ne savait plus dans quelle grotte c'était. Peut-être qu'il avait tant de trésors qu'il n'avait même plus besoin d'y penser une fois qu'ils étaient enterrés. Comment veux-tu que je le sache, moi ? » Il lui revint tout d'un coup en mémoire les livres de son père, au fond d'un trou, recouverts de terre et de poussière. Les retrouverait-elle un jour ? Elle essaya de ne plus penser à ça. Cela la rendait triste, et elle n'avait aucune envie d'être triste quand déjà elle était si contrariée par Asif.

« Tu crois qu'il y a un trésor dans cette grotte pleine de poussière ?

— J'en suis sûre », dit Parvana. Et pourquoi pas ? Plus elle y pensait, plus elle était certaine qu'une boîte pleine de pièces d'or et d'énorme bijoux se nichait quelque part dans la grotte, n'attendait plus qu'une pelle et Parvana pour l'extraire au grand jour.

« S'il y a un trésor ici, c'est à moi qu'il appartient, dit Asif. C'est moi qui ai trouvé la grotte le premier. »

Parvana en cracha de fureur. « Tu portes mes vêtements, tu manges ma nourriture, et c'est comme ça que tu me remercies ? Tu es vraiment odieux, comme garçon.

— D'accord, ça va, ça va. On le partagera.

— Et comment ! »

Asif se redressa, s'aidant de ses béquilles. Mais à peine fut-il debout qu'il retomba en arrière. Parvana, plaçant ses mains sous ses aisselles, l'aida à le soulever.

« On y va, dit-il.

— Où ça ? »

— Dans la grotte. On va commencer à creuser. » Il secoua la tête d'un air dégoûté. « Non mais, tu imagines que je parlais de quoi ? Trouve plutôt quelque chose qui nous aidera à creuser. » Il avança en boitillant.

Parvana croyait maintenant si fort à l'existence d'un trésor qu'elle ne se souciait plus guère qu'Asif lui donnât des ordres. Elle trouva deux pierres de bonne taille, aiguisées à leur extrémité, prit Hassan sous le bras et rejoignit Asif dans la grotte.

Très vite, à force d'être gratté dans tous les sens, le sol devint une sorte de grand chantier. Parfois on entendait un bruit sec, les enfants s'enthousiasmaient aussitôt, avant de se rendre compte une minute plus tard que la pierre n'avait fait qu'en heurter une autre.

« Qu'est-ce que tu feras, avec ta part ? demanda Parvana à Asif.

— Des chevaux, répondit-il. J'achèterai des milliers de chevaux, les plus rapides. Je monterai à cheval, pendant des jours et des jours, et quand mon cheval sera épuisé d'avoir galopé, j'en achèterai un autre, puis un autre, et encore un autre. Je ne m'arrêterai jamais.

— Et pour manger ?

— Comment ça, pour manger ? Je te dis que je monterai à cheval, pas que je mangerai.

— Moi, j'achèterai une grande maison, dit Parvana. Une maison magique, les bombes glisseront sur le toit sans exploser. Une maison en pierres blanches comme celle où j'ai vécu, un tout petit peu plus grande, c'est tout, avec une autre maison à part pour ma sœur Nooria, comme ça je ne serai pas obligée de la voir tout le temps. Et j'aurai de magnifiques vêtements, des tas de bijoux, et plein de domestiques, comme ça je n'aurai plus jamais besoin de faire le ménage. » Elle se voyait très bien, habillée d'un *shalwar kamiz* rouge vif comme celui que sa tante lui avait confectionné et qu'elle avait dû vendre, des mois auparavant, à Kaboul, pour que sa famille puisse acheter de quoi manger un peu.

« Tu pourras avoir tous les bijoux du monde, tu ne seras jamais jolie, dit Asif. Et puis pourquoi des bijoux, de toute façon ? Tu ne peux pas les manger ni les brûler pour qu'ils te tiennent chaud la nuit, ni... »

Tout d'un coup, la pierre que Parvana tenait dans sa main rencontra un obstacle.

« Je crois que j'ai trouvé quelque chose.

— C'est juste une autre pierre, c'est tout. »

Elle gratta encore un peu de terre. « Non, je ne crois pas. » Elle creusa un peu plus profond. « Il me semble bien que c'est une boîte ! »

Asif s'approcha et creusa tout près d'elle. « Oui ! c'est une boîte ! »

Ils se mirent à creuser de plus en plus vite ; la terre volait dans tous les sens et remplissait toute la grotte.

« Fais attention à Hassan. Il est juste derrière toi », dit Parvana haletante. Asif s'arrangea pour que la terre qu'il soulevait épargne le bébé.

Peu à peu, la boîte apparut. Parvana se mit à genoux pour l'extraire du sol, tandis qu'Asif, penché en avant, tâchait de l'aider. En un ultime effort, ils extirpèrent la boîte hors de sa gangue de terre. Elle était faite d'un métal verdâtre, était deux fois longue comme la sandale de Parvana et aussi large.

« Je pensais qu'une boîte à trésor serait plus grande que ça, observa Asif.

— Les diamants, ce n'est pas forcément grand, répliqua Parvana. On n'a qu'à la mettre au soleil, comme ça les bijoux brilleront quand on l'ouvrira. » Elle tira la boîte hors de la grotte. Tandis qu'Asif se dépêchait de se traîner dehors, à moitié rampant, elle retourna chercher Hassan, comme cela il allait lui aussi pouvoir assister à l'ouverture de la boîte au trésor.

Asif s'acharna avec une pierre sur la serrure remplie de terre, qui finit par céder.

« C'est tout rouillé, dit-il.

— Cela fait des milliers d'années qu'elle est sous la terre, fit remarquer Parvana. C'est toi qui es rouillé, plutôt. »

Asif détacha les dernières pièces qui cadenassaient la boîte.

« Prête ?

— Prête. » Ils joignirent leurs mains, et ouvrirent la boîte tous les deux.

Elle était pleine de munitions.

Les enfants restèrent immobiles, le regard fixe, incapables de prononcer un mot, le choc était trop rude. Hassan gloussa et tenta de s'approcher pour saisir ces petits objets qui brillaient au soleil.

Asif referma brutalement le couvercle de la boîte.

« Tu parles d'un trésor ! cria-t-il. Mais pourquoi est-ce que je t'écoute ? » Il se redressa sur ses béquilles, refusant brusquement l'aide que lui offrait Parvana. Il lui donna un coup à l'épaule et sortit de la grotte en boitant.

Parvana ouvrit la boîte à nouveau. Ses yeux lui jouaient de mauvais tours, ce devait être cela. Mais non. Tout ce qu'elle voyait, c'étaient des balles bien rangées en petits paquets ; elle passa la main entre les balles : pas de bijou brillant au soleil, seulement des munitions.

Ce n'était pas Alexandre le Grand qui les avait enterrées là. À l'époque, les balles n'existaient pas. Elles avaient probablement été cachées par les combattants de cette guerre qui avait commencé des années avant sa naissance. Peut-être que celui qui avait fait cela était mort. Peut-être ne se souvenait-il plus dans quelle grotte il avait caché sa boîte. Peut-être avait-il tant de balles qu'il n'avait pas besoin de celles-ci.

Peu importait. Il n'y avait pas de trésor.

Au prix d'un gros effort, Parvana souleva la boîte au-dessus de sa tête, et la lança devant elle aussi loin qu'elle le put. Elle atterrit avec un bruit sourd, les balles s'éparpillèrent partout sur le sol. On aurait dit des graines, mais Parvana savait qu'elles ne donneraient jamais de fruits.

Elle prit Hassan dans ses bras, s'assit, regardant au loin. Elle détourna son visage, elle ne voulait pas qu'il la voie. Elle avait honte de s'être laissée prendre à ce rêve stupide, elle n'était plus une enfant tout de même.

7

« Demain, je pars », déclara Parvana à Asif le lendemain matin. Ils avaient tous les trois dormi dehors.
Parvana n'avait pas envie d'aplanir une fois de plus
le sol de la grotte. Elle n'avait aucune envie non plus
de se voir rappeler ses moments de folie.

« Tu vas où ? demanda Asif.

— Chercher ma mère.

— Mais à quel endroit ? »

Parvana regarda autour d'elle, et pointa une direction, loin devant elle. « Par là.

— Pourquoi par là ?

— Parce que c'est le plan que j'ai établi.

— Tu as un plan, toi ?

— Mais évidemment, que j'ai un plan. » Le seul plan que pouvait avoir Parvana était de continuer à marcher dans l'espoir de tomber un jour, nul ne savait où, sur sa mère. « Mais je ne vois pas pourquoi je te le dirais.

— De toute façon je n'ai aucune envie de le savoir, dit Asif. Je suis sûr qu'il est complètement idiot, ton plan. »

« Ce sera vraiment génial de te planter là, pensa Parvana. Je vois d'ici les jours et les nuits délicieux, tellement tranquilles, que j'aurai... »

« J'imagine que tu penses que je vais venir avec vous... », dit Asif.

Parvana fit celle qui n'avait rien entendu.

« J'imagine que tu penses que je serais ravi de venir avec vous, continua-t-il. J'imagine que tu penses que je ne peux pas me débrouiller tout seul ici. »

Parvana restait calme, se sentant absolument héroïque de résister à son envie de lui répliquer une phrase bien sentie.

Elle décida de se lancer dans une grande lessive, comme cela tout serait propre au moment du départ.

Asif frappait le sol de sa jambe unique. « J'imagine que tu vas emmener le bébé.

— Tu veux que je le laisse ici, avec toi ?

— Je m'en fiche. »

Parvana prit Hassan dans un bras, les couches sales dans l'autre, et descendit vers le ruisseau. Elle était encore en train de frotter la première couche lorsqu'elle entendit le bruit des béquilles d'Asif qui raclaient le sol derrière elle.

« Tu as toutes les chances de rater ta mère, dit-il. Tu vas aller par là, dans cette direction, et elle, elle ira dans une autre direction... Vous passerez tout près l'une de l'autre, vous continuerez à marcher des jours et des jours jusqu'à ce que ayez parcouru toutes les terres du monde. Ce serait plus malin de rester. Ta mère va sans doute venir dans les parages un jour ou l'autre, elle sera à ta recherche. En fait, à mon avis, elle va venir bientôt, et elle sera drôlement en colère quand je lui dirai que tu n'as pas eu la patience de l'attendre.

— Qu'est-ce qui te fait dire que ma mère va venir ici bientôt ? » demanda Parvana.

Et s'il avait raison ? Elle entrevit une petite lueur d'espoir.

« Un vague sentiment, comme ça, répondit Asif. Tu veux tenter ta chance ? »

Elle comprit soudain qu'il n'en avait pas la moindre idée, en fait, se rendit-elle compte. Que ce n'étaient que des mots. Elle se sentit déçue, mais pas totalement surprise.

Elle lava les autres couches et les étendit pour les

faire sécher. « Si seulement tu étais capable de laver tes couches toi-même », dit-elle à Hassan.

Celui-ci était tout occupé à attraper une pierre qui luisait au soleil, peu lui importaient les plaintes de Parvana.

« Ça t'embêterait drôlement si je vous accompagnais, hein ? dit Asif. Je suis sûr que tu détesterais ça. Tout ce que tu souhaites au plus profond de toi-même c'est que je reste ici. »

Parvana était en train de lisser les plis d'une couche qu'elle venait de laver. Elle ne répondit pas.

« Eh bien, puisque c'est comme ça, dit Asif, je viens avec vous. Rien que pour t'embêter. »

Parvana ressentit un étrange et surprenant sentiment de soulagement. Elle savait, tout au fond d'elle-même, qu'elle n'aurait pas eu le cœur de laisser Asif tout seul dans sa grotte.

« Non, s'il te plaît, dit-elle.

— Laisse tomber », répliqua-t-il. J'ai décidé de venir, un point c'est tout. Et n'essaie pas de t'éclipser en douce, parce que je saurai te rattraper, et tu seras bien embêtée. »

L'idée qu'Asif puisse la rattraper à la vitesse d'un ver de terre la fit presque sourire, mais elle se retint juste à temps. Elle prit son sac à dos et s'assit pour écrire à son amie.

Chère Shauzia,

Nous quittons la grotte demain. J'aime bien rester au même endroit, aussi chaque fois que je dois partir, c'est toujours plus difficile que la fois d'avant. Avec tous les trajets que j'ai faits, je devrais être habituée. Mais non.

De toute façon il faut partir. Nous n'avons plus rien à manger. Il ne nous reste que deux cuillerées de riz et un peu d'huile.

Je ne sais pas s'il y aura de quoi manger là où nous allons, mais en tout cas je sais qu'ici dans très peu de temps il n'y aura plus rien du tout.

Peut-être que nous allons trouver un endroit vraiment magnifique, avec plein de nourriture, et des grandes personnes qui pourront s'occuper de Hassan, et une chambre où je pourrai dormir, loin de tous ceux qui m'embêtent.

Est-ce que j'ai toujours été aussi ronchon ?

J'espère que là où tu es, tu as tout ce que tu veux à manger. Si seulement tu pouvais nous en envoyer un peu...

À très bientôt,
Ton amie,
Parvana.

Le lendemain matin, Parvana lava une fois de plus les couches souillées de Hassan et les enveloppa dans un morceau de tissu. Elle avait décidé d'attendre la première halte pour les faire sécher.

Elle se mit à faire le balluchon de nourriture.

« Et s'il n'y a pas d'eau, là où on va ? demanda Asif. Comment tu feras pour cuire le riz ? Tu n'y as pas pensé, à ça, hein ? »

Non, elle n'y avait pas pensé, même si cela la vexait de devoir l'admettre. Elle sortit la casserole du balluchon.

« Je crois que je devrais tout cuire maintenant, dit-elle. Je n'aime pas faire ça. Je ne sais pas combien de temps cela pourra tenir sans moisir, si c'est cuit.

— On le mangera avant, répondit Asif. Il n'en reste pas tant que ça. »

Parvana savait qu'il avait raison. Quatre petites poignées de riz, cela ne durerait pas longtemps, pour nourrir deux enfants et un bébé. Elle cueillit quelques herbes et ramassa des brindilles. Asif les coupa à la bonne taille, gratta une allumette, et cinq minutes plus tard un beau feu s'élevait devant eux. Parvana alla chercher de l'eau, et ils mirent le riz à cuire.

« On pourrait en manger un peu, tant qu'il est chaud, tu ne trouves pas ? » demanda Asif.

C'était une bonne idée. « Juste un tout petit peu, dit Parvana. Il faut tenir avec ça jusqu'à ce qu'on trouve autre chose à manger. »

Ils dégustèrent le riz à même le pot. Hassan était assis sur les genoux d'Asif, qui lui donnait à manger.

Parvana eut l'impression qu'ils venaient à peine de commencer à manger quand elle s'aperçut que la casserole était déjà à moitié vide.

« Arrête ! cria-t-elle, arrachant la casserole des mains d'Asif. Il faut garder ça !

— Alors pourquoi tu en as pris autant ?

— Ne m'accuse pas ! C'est toi qui t'en mets tout le temps plein la bouche, comme si on était des gens super-riches avec des sacs de riz partout. » Parvana eut un geste de colère si violent que la casserole de riz lui échappa des mains.

Elle atterrit à l'envers.

Personne ne dit rien. Les enfants regardaient fixement la casserole renversée.

Après un long moment, un moment affreux, Parvana se dirigea vers la casserole et la souleva tout doucement. Une bonne partie du riz était resté collé au fond. Elle l'avait sûrement fait cuire trop longtemps.

Il y avait encore un peu de riz par terre. Asif rejoignit Parvana en se traînant sur les fesses, et à eux deux ils ramassèrent les grains un par un et les remirent dans la casserole.

Puis, quand ils eurent tout empaqueté, Parvana sortit son carnet.

Chère Shauzia,
Je déteste quand je fais n'importe quoi. Pourquoi faut-il que je me comporte ainsi ? Pourquoi est-ce que je n'arrive pas à faire les choses comme il faut ?

Elle aida Asif à se relever, prit les béquilles et le bébé, et les enfants s'éloignèrent de la grotte. Sans se retourner.

8

Il y eut deux jours durant lesquels il leur resta un peu de nourriture, puis encore deux jours.

Parvana ressentait au ventre cette douleur qui la tenaillait quand elle n'avait rien à manger. Un mélange de douleur et de vide. Sa tête aussi lui semblait vide, elle se sentait maussade et stupide.

Hassan geignit le premier jour où il ne mangea pas, puis le second jour ses plaintes se transformèrent en un faible gémissement, un peu comme le bruit qu'il faisait lorsque Parvana l'avait trouvé.

« Hassan a besoin de se reposer », dit Asif. Parvana soupçonna que c'était plutôt lui, Asif, qui en avait besoin, mais jamais il ne le reconnaîtrait. Il se déplaçait de plus en plus lentement, et sur son visage se lisait la même expression que sur celui de son père quand il avait mal.

Parvana posa Hassan par terre, ainsi que ses paquets. Elle soutint Asif sous les bras pour l'aider à s'asseoir. Souvent, quand il était fatigué, il glissait et roulait sur le côté alors qu'il essayait de s'asseoir. Cela le gênait et le mettait de mauvaise humeur.

« Il reste de l'eau ? » demanda-t-il.

Parvana défit le balluchon qui contenait la bouteille d'eau en plastique et la secoua pour faire entendre à Asif le clapotement du peu d'eau qui restait. Il tendit la main, et elle lui passa la bouteille.

Elle fut sur le point de lui rappeler qu'il fallait y aller doucement, ne pas boire trop, mais à quoi bon ? Qu'est-ce que cela changeait, qu'Asif avale deux gorgées d'eau plutôt qu'une ? De toute façon, il allait falloir qu'ils en trouvent très bientôt.

Asif versa un peu du liquide dans le capuchon de la bouteille. Parvana le regarda donner à boire, goutte après goutte, à Hassan, qui n'en laissa rien perdre.

« C'est bon, hein ? demanda-t-il. Tu en veux encore ? » Il donna à Hassan trois autres gorgées entières avant d'en avaler une à son tour. Puis il passa la bouteille à Parvana.

« Tu as des frères et sœurs ? » demanda-t-elle à Asif. Elle se rendait compte qu'elle ne savait rien sur ce garçon qui voyageait avec elle. Elle savait qu'il sortait d'une grotte, mais avant cela ? Elle savait qu'il avait un caractère de cochon, mais pourquoi ? Mystère. Elle ignorait qui avait bien pu le haïr autant au point de lui lacérer le dos.

« Je suis seul, répondit Asif dans un souffle.

— Moi aussi, dit Parvana. Mais j'ai de la famille, en dehors d'ici. Et toi ? Tu as de la famille ? »

Asif essayait de faire jouer Hassan avec ses doigts mais le bébé n'avait pas du tout l'air intéressé. Il semblait indifférent à tout.

« Non, finit par répondre Asif.

— Ils sont partis ? Qu'est-ce qui leur est arrivé ?

— J'avais une famille. Maintenant je n'en ai plus. C'est tout. » Il n'en dirait pas plus, et Parvana se demandait pourquoi elle avait tenu à lui poser cette question.

Elle sortit son carnet.

Chère Shauzia,

Encore un jour sans manger, et rien dans les parages qui ressemble à de la nourriture. Parfois je ne sais même pas si j'ai encore faim. Je suis fatiguée, c'est tout, et j'ai envie de pleurer toute la journée. Nous n'avons presque plus d'eau, et je ne sais pas quoi faire.

Tu te souviens de ces contes de fées qu'on lisait à l'école, quand quelqu'un donne un coup de baguette magique sur un rocher et qu'il en sort de l'eau ? Ou

que quelqu'un frotte la paroi d'une lampe et qu'un
génie en sort pour réaliser trois vœux ? J'y croyais,
quand j'étais petite, mais maintenant, je sais qu'un
rocher, ce n'est qu'un rocher, et que quand on frotte
une lampe, ça la fait briller, c'est tout.

Peut-être que quand je serai grande et que je passe-
rai toute ma vie à rêver au soleil, je serai capable de
croire à nouveau à ces choses-là. Mais d'ici là, à quoi
est-ce que je peux croire ?

« Ce n'est pas très malin, dit Asif, de porter toutes
ces affaires dans ton sac. C'est épuisant et ça te rend
désagréable. Tu es idiote. »

Parvana referma son carnet d'un geste brusque.

« Mais de quel droit tu me traites d'idiote ? Il faut
bien que je porte toutes ces affaires, je n'y peux rien,
c'est comme ça. Qui va les porter à ma place ?

— Je pourrais en porter quelques-unes. Je pourrais porter Hassan.

— Ne fais pas l'idiot. Tu peux à peine marcher.

— Je pourrais le prendre sur mon dos. Je n'ai pas
trop mal, là. » Asif enleva son châle et en fit une sorte
de bandoulière. « Hassan peut s'asseoir ici, et ce
bout-là je l'enroule autour de mon cou. »

Parvana songea à ses bras qui lui faisaient mal.
« Tu crois que ça va aller ?

— Mais bien sûr que oui. Ça fait un moment que
j'y pense. »

Ils firent une tentative. Il fallait que Parvana aide Asif à se lever, puis elle devait disposer le bébé dans le châle en bandoulière en le serrant bien. Tout parut fonctionner parfaitement. Apparemment, cela laissait Hassan indifférent. Il pleurnicha, mais quand c'était Parvana qui le portait, il pleurnichait aussi ; cela n'avait rien à voir avec le fait de ne plus être dans ses bras.

Asif, avec le bébé dans son dos, pouvait encore se servir de ses béquilles, et les trois enfants se mirent en marche. La route qu'ils suivaient était poussiéreuse, mais ils l'avaient choisie parce qu'elle était plate et pas trop fatigante. De temps en temps un camion les dépassait, ou une carriole tirée par un âne, et Parvana leur faisait signe de s'arrêter : sans succès.

Vers la fin de la journée ils arrivèrent dans un minuscule village, presque aussi petit que celui de Hassan. Il avait échappé aux bombardements ; à moins que les habitants, depuis longtemps déjà, ne l'aient reconstruit.

Des hommes âgés étaient assis par terre, à l'entrée de leur maison. La main devant les yeux pour se protéger du soleil, ils observaient Parvana, Hassan et Asif qui arrivaient lentement vers eux, marchant au milieu de la route qui traversait le village. Parvana se sentait mal à l'aise avec ces regards qui la fixaient, mais que pouvait-elle faire ?

« Tu crois qu'on devrait leur demander de l'eau ? chuchota-t-elle à Asif.

— Ils n'ont pas l'air très aimables. Ils risquent de nous poser tout un tas de questions et de nous causer des ennuis, répondit-il. On va voir si on ne peut pas trouver quelqu'un d'autre. Un enfant, peut-être. »

Ils virent quelques gamins qui jouaient au football avec un ballon de forme bizarre. Il n'était pas assez gonflé et n'allait pas bien loin quand on shootait dedans.

« Où est-ce qu'on pourrait trouver de l'eau ? leur demanda Asif.

— Il y a une maison de thé, par là-bas, répondit l'un des joueurs. Vous voulez jouer avec nous ?

— J'ai soif, dit Asif. Après, peut-être.

Les garçons s'en retournèrent à leur jeu. Parvana et Asif marchèrent encore un peu, jusqu'à trouver la maison de thé.

« Nous n'avons pas d'argent, dit Parvana. Il va falloir mendier.

— Moi, je ne mendie pas, dit Asif. Je peux travailler, par contre. »

Parvana poussa un soupir. Elle était trop fatiguée pour travailler. Mendier aurait été tellement plus simple.

La maison de thé était une petite masure en torchis où étaient installées quelques tables. Trois hommes y étaient assis, silencieux. Une grosse théière était posée dans un coin de la pièce.

Shauzia avait été serveuse de thé, à Kaboul[1]. Elle parcourait le marché avec ses plateaux, livrant des tasses de thé par dizaines aux marchands assis à leurs étals. Mais là, dans ce village, on n'avait pas l'impression qu'ils pouvaient avoir besoin de ce genre de personnel.

« Nous cherchons du travail », dit Asif.

L'un des hommes se retourna. « Il n'y a pas de travail, ici, mon garçon. Tu crois que nous serions assis là à ne rien faire s'il y avait du boulot ?

— Nous sommes prêts à faire n'importe quoi, dit Parvana. Et nous ne voulons pas d'argent. Juste de quoi manger et boire. »

L'homme avala une gorgée de thé et attendit un peu avant de répondre, comme si Parvana et Asif étaient des enfants bien nourris qui demandaient du travail histoire de se divertir.

« Tu ne peux pas travailler, finit-il par dire en regardant Asif.

— Mon frère s'occupera du bébé, répliqua aussitôt Parvana. Et moi, je peux travailler pour deux.

— Comment tu t'appelles ? demanda l'homme.

— Kaseem, répondit Parvana, donnant son nom de garçon.

---

1. Voir *Parvana, une enfance en Afghanistan*.

— Mon poulailler aurait besoin d'un bon coup de balai, dit-il. Si tu t'y prends bien, je te donnerai à manger, mais après ça, tu décampes d'ici. Je n'ai qu'un seul poulailler et je n'ai pas l'intention de gaspiller de la nourriture pour rien. »

Le poulailler était situé derrière la maison de thé, au fond de la petite cour. Il était immonde.

« Il y a de l'eau, là, si tu as soif, dit l'homme en lui indiquant un abreuvoir. Si l'eau est assez bonne pour les poules, elle l'est bien assez pour toi. Je viendrai t'apporter de quoi manger quand tu auras fini le boulot. » Et il alla retrouver ses amis.

La cour était entourée d'une clôture qui s'écroulait à moitié, tandis que l'enclos du poulailler était assez bien entretenu. Parvana hissa Hassan sur le dos d'Asif et aida les deux garçons à s'installer sous le peu d'ombre que leur offraient deux arbres au feuillage touffu. Elle alla leur chercher une louche pleine d'eau mais Asif lui fit signe de boire la première. Elle vida la louche en une seconde, puis alla la remplir à nouveau. Ce fut au tour de Hassan de se désaltérer, et enfin à celui d'Asif.

Parvana se rappela les poules du village bombardé qu'elle n'avait pu approcher. Aujourd'hui elle n'avait aucune envie de se laisser intimider par des poules, et les volatiles eurent l'air de le comprendre parfaitement : ils se mirent à courir pour tenter de lui échapper.

Elle travailla sans s'arrêter une seule seconde, grattant les crottes de poule à l'aide d'une vieille planche, dégageant la paille pourrie dans la cour, tout cela en essayant de ne pas trop se salir elle-même. Dès qu'elle aurait terminé, ils allaient enfin pouvoir manger un peu.

Elle découvrit des œufs, nichés au cœur de la paille, que le propriétaire avait oublié de ramasser. Comment s'en emparer ? On les verrait, et ils se casseraient, si elle les mettait dans sa poche. Elle jeta un coup d'œil en direction d'Asif, endormi aux côtés de Hassan, appuyés sur leur balluchon de couverture dont ils se servaient comme d'un oreiller.

Parvana regarda autour d'elle. Ce n'était pas bien de voler. Elle avait vu ce que les taliban faisaient aux voleurs. Ils leur coupaient la main. Elle n'avait aucune envie que cela lui arrive... Mais elle les voulait, ces œufs !

Elle les prit dans le creux de sa main et vérifia que la voie était libre. Elle comptait se précipiter à toute allure de l'autre côté de la cour, fourrer les œufs dans le ballot à couverture, puis revenir aussi vite au poulailler.

Mais elle s'en sentit incapable. Qu'allait penser d'elle son père, si elle volait ? Quand ils voyageaient tous les deux, combien de fois ils avaient eu faim, et ce n'était pas les occasions de voler qui leur avaient manqué. Mais son père ne voulait pas en entendre parler. « Oui, on aura le ventre plein, ce soir, disait-il, mais demain matin, est-ce qu'on aura la conscience tranquille ? »

Parvana reposa les œufs à leur place et retourna à son nettoyage. Le poulailler était immonde, mais heureusement il n'était pas grand, et elle eut bientôt fini.

« Tiens, voilà de quoi manger, dit l'homme, qui lui apportait un petit bol de riz.

— Nous sommes trois, fit remarquer Parvana.

— Oui, mais il n'y en a qu'un qui a travaillé. Est-ce que j'ai l'air d'être riche ?

— Vous êtes plus riche que nous, répliqua Parvana. Nous sommes des enfants.

— Si je me mettais à venir en aide à tous les enfants affamés d'Afghanistan, en quelques jours je serais aussi pauvre que vous. Si tu ne veux pas de ce riz, je le remporte.

— Si, on le veut », dit Asif. Mais l'homme restait là sans bouger, tenant le bol hors de portée du garçon.

« S'il vous plaît, supplia le garçon. Pourriez-vous avoir la gentillesse de nous donner ce riz ? » Parvana voyait que ses mains tremblaient.

L'homme finit par tendre le bol à Asif, puis il retourna vers la maison de thé.

Les enfants partagèrent cette maigre pitance, mâchant le riz dans un lourd silence. Il ne leur fallut pas longtemps pour vider le bol. Puis Parvana alla remplir leurs bouteilles et Asif s'occupa de laver quelques couches pour Hassan.

« Les grandes personnes ne devraient pas tourner le dos aux enfants, dit-il d'un ton plein de colère tout en essorant sa lessive.

— Si seulement je lui avais pris ses œufs, murmura Parvana en lançant un regard noir en direction de la maison de thé.

— Va les chercher maintenant, dit Asif.

— C'est trop risqué.

— Alors on reviendra. »

Ils découvrirent un endroit en bordure du village où personne ne pouvait les voir. Ils étendirent les couches pour les faire sécher et attendirent la tombée de la nuit.

Parvana et Asif laissèrent Hassan qui dormait tranquillement dans leur cachette avec toutes leurs affaires, pénétrèrent à l'insu de tous dans le village et se glissèrent dans la cour de la maison de thé.

Parvana retrouva les œufs qu'elle avait laissés et les fourra dans son sac à dos, à côté des lettres à Shauzia.

Asif, s'approchant lentement du poulailler, attrapa une poule de façon si naturelle et si calme que l'animal ne poussa pas un cri. Il l'enveloppa de son châle et le tendit à Parvana. Puis ils quittèrent la cour à pas de loup.

Une fois en bordure du village, ils reprirent Hassan, leurs affaires, et se remirent en route jusqu'à ce que le village soit à plusieurs kilomètres derrière eux.

« Les gens qui trompent les enfants méritent qu'on fasse de mauvais coups, dit Parvana. Je n'éprouve absolument aucun regret.

— Et demain : des œufs pour le petit déjeuner ! » dit Asif.

Et ils éclatèrent de rire.

9

Parvana n'arrivait pas à dormir. Son ventre était vide, elle avait mal.

Manger du poulet et des œufs leur avait donné l'impression d'engloutir toute la nourriture du monde d'un seul coup. Pour Hassan, cela avait été plus difficile, il n'avait que quelques dents et pouvait à peine mâcher, aussi Parvana et Asif décidèrent-ils de lui laisser les œufs. Elle les fit cuire : quelle odeur délicieuse ! Évidemment, il n'y avait plus d'huile pour la cuisson, mais elle les surveilla très attentivement et ils ne collèrent pas trop au fond de la casserole.

Asif égorgea le poulet d'un seul geste, et Parvana

finit par se dire qu'en dehors de se plaindre et de lui casser les pieds il avait tout de même quelques talents.

Ils firent durer le repas le plus longtemps possible, donnant à Hassan quelques morceaux de blanc faciles à manger. Ils se sentaient tous tellement mieux... Hassan reprit goût à la vie, et la mauvaise humeur de Parvana s'estompa presque entièrement.

Mais après cela, plus rien à manger, et de nouveau la faim qui les tenaillait.

Combien de temps s'était-il écoulé depuis ce repas ? Une semaine ? Parvana n'avait plus la notion du temps. Elle s'assit sur le sol en terre battue, se demandant à quoi cela rimait de manger un jour, quand dès le lendemain ils devaient à nouveau souffrir de la faim.

Elle ferma les yeux et essaya de dormir.

Elle n'avait pas du tout fait attention à l'endroit où elle allait dormir. Le sol était troué d'un rocher qui faisait saillie dans son dos. Quelle que soit sa position, elle était mal installée. La nuit était froide, mais au moins elle n'en souffrait pas. Si elle se levait pour chercher une meilleure place, elle risquait d'avoir froid. Si elle restait là au chaud, elle finirait par se sentir à peu près à son aise.

Et elle n'avait pas à s'inquiéter pour Hassan : aucun risque de le réveiller si elle se levait. À présent, il dormait toutes les nuits avec Asif.

Elle sentit à nouveau le rocher sous son dos, et décida finalement de changer de place. Elle arriverait toujours à se réchauffer...

« Un, deux, trois », chuchota-t-elle, et elle rejeta sa couverture loin devant elle.

L'air froid la saisit. Il fallait s'y prendre vite pour éviter de frissonner, mais elle ne parvint pas à trouver une place agréable pour y mettre sa couverture. Finalement elle choisit de s'enrouler dedans et de s'asseoir par terre.

« Je suis peut-être la seule personne au monde qui soit réveillée, murmura-t-elle. Le monde entier rêve et dort, moi je suis réveillée, je veille sur lui. Parvana la Protectrice. » Elle sourit.

Elle se mit à fredonner une chanson sur la lune qu'elle avait apprise à l'école. La musique s'éleva dans l'air glacial de la nuit et elle eut l'impression que les étoiles scintillaient encore plus fort.

Elle entendit un bruit de pas traînants derrière elle. Elle savait, sans avoir besoin de se retourner, qu'Asif ne dormait pas. Elle s'attendait à ce qu'il lui envoie quelque phrase bien sentie sur le fait qu'elle chante.

Mais au lieu de cela, il s'approcha d'elle en rampant. Il tira doucement sur le coin de sa couverture, qui s'enroula autour de leurs épaules à tous les deux. Elle ajouta une strophe à la chanson qu'elle fredonnait. Asif entonna à son tour un air qu'il connaissait, puis ils chantèrent tous les deux ensemble.

Ils passèrent la nuit ainsi, à chanter et à regarder les étoiles filantes, jusqu'à presque tomber de fatigue, malgré leur ventre vide et douloureux, malgré le rocher dur qui leur faisait si mal au dos.

10

Chère Shauzia,

Encore une journée de marche en perspective, alors que tout ce que je voudrais, c'est m'asseoir. Je suis tellement fatiguée ! Mais je pense à ce que mon père me disait : « Si on s'arrête, on meurt. »

Hassan est affalé à côté de moi. On dirait un sac de riz. Il a le regard éteint, il ne répond pas quand on lui parle. On dirait qu'il est déjà ailleurs.

Hier on a mangé de l'herbe, du coup aujourd'hui on a le ventre en piteux état – et je ne sais quoi de dégoûtant nous sort des fesses. Pour Asif et moi, ce n'est déjà pas très agréable, mais c'est bien pire pour Hassan, qui n'a plus rien de propre à se mettre. Heureusement qu'il fait beau et chaud aujourd'hui, parce qu'il doit rester tout nu jusqu'à ce que le linge soit sec. Et il faut que l'un de nous deux lui serve tout le temps de ventilateur pour faire fuir les mouches de son visage.

Hé là, une seconde, se dit Parvana. Hassan n'a pas mangé d'herbe. Ils avaient essayé de lui en donner, mais il n'en avait pas voulu. Alors pourquoi était-il malade ?

Subitement elle comprit. Elle avait oublié de faire bouillir l'eau avant de la boire.

Elle savait parfaitement qu'il fallait le faire. Même à Kaboul, quand ils allaient puiser l'eau à un robinet, dans la rue[1]. Sinon on risquait d'être malade. Tout le monde savait cela.

Elle jeta un regard au petit bassin près duquel ils vivaient et dont ils buvaient l'eau depuis trois jours. Les ruisseaux, avec leurs courants rapides, cela pouvait encore aller, mais l'eau des mares, on ne pouvait pas la boire comme ça. Combien de fois son père ne le lui avait-il pas dit ? Pas étonnant qu'ils soient tous malades.

Elle reprit son stylo.

---

1. Voir *Parvana, une enfance en Afghanistan.*

Je suis fatiguée d'avoir à me souvenir de tout tout le temps. Si seulement quelqu'un d'autre pouvait le faire à ma place !

Parvana rangea ses affaires dans son sac à dos et alla ramasser de l'herbe sèche pour allumer un feu en vue de faire bouillir de l'eau. Avant que quelqu'un ne se manifeste à l'horizon, elle allait devoir s'occuper de tout.

« Au moins, avec nos estomacs en capilotade, on a moins envie de manger », dit-elle, alors que les vêtements du bébé étaient secs et qu'ils avaient repris leur route.

Asif ne répondit pas. Il semblait concentrer toute son énergie pour faire le moindre geste. Parvana savait qu'elle pouvait porter Hassan à sa place, mais elle ne le lui proposa pas.

Deux jours passèrent encore. Les enfants s'accordèrent une halte, encore un petit moment de repos.

Parvana s'assit, son carnet et son stylo à côté d'elle. Une nouvelle lettre à Shauzia... Elle ne pouvait supporter l'idée de parler une fois de plus de leur souffrance, la faim, la soif, Hassan qui sentait mauvais. Elle en avait assez d'écrire toujours la même chose.

« Si seulement le monde était différent ! » se dit-elle. Elle ferma les yeux et imagina une vallée toute verte, toute fraîche, une vallée qui ressemblait à celle d'où était originaire sa mère, juste un peu plus belle et plus lumineuse que ce que sa mère lui décrivait. Elle pensa au genre d'endroit où elle aurait envie de vivre. Puis elle rouvrit les yeux et se mit à écrire.

Chère Shauzia,
Ce matin nous sommes arrivés dans une vallée nichée au creux des montagnes afghanes, une vallée si secrète que seuls des enfants peuvent la découvrir. Tout est vert ici, ou bleu, ou jaune, ou rouge, il y a même des couleurs dont je ne connais pas le nom. Les couleurs sont si éclatantes qu'au premier moment tu crois qu'elles vont te brûler les yeux, mais non. En fait le paysage est tellement reposant.

Parvana continua à écrire, et tout en noircissant les pages, elle se représentait la Vallée Verte avec encore plus de détails. Elle en devint presque réelle.

« Encore en train d'écrire à ton amie ? demanda Asif qui était assis un peu plus loin.

— Tu veux que je te lise ce que j'écris ?

— Qu'est-ce que tu veux que je fasse d'une lettre de filles ?

— Tu verras, tu vas adorer, dit Parvana. Je vais te la lire, tu vas voir. »

Asif ne dit rien, mais ne refusa pas... et Parvana commença sa lecture.

Dans la Vallée Verte on trouve partout de quoi manger. Tous les jours on mange comme si on fêtait la fin du ramadan[1]. Je viens de finir un grand plat de riz à l'afghane, avec plein de raisins et de gros morceaux d'agneau rôti dedans. Après ça, j'ai pris une orange grosse comme ma tête et trois bols de glace à la fraise. Plus personne en Afghanistan ne mange de glace sauf les enfants de la Vallée Verte, et on peut en avoir autant qu'on veut.

Je suis sûre que tu adorerais cet endroit. Peut-être que lorsque tu en auras assez de la France tu pourras venir nous rejoindre, on se retrouverait ici plutôt qu'à la tour Eiffel. Maintenant qu'on a découvert cet endroit, je ne veux plus en partir.

Ici, on peut boire l'eau sans la faire bouillir, et sans tomber malade. Les autres enfants me disent que c'est de l'eau magique. Tous les enfants ici ont deux bras et deux jambes. Personne n'est aveugle, personne n'est malheureux. Peut-être même que la jambe d'Asif va repousser.

Parvana arriva au bout de sa lettre. Elle poussa un profond soupir avant de la reposer. C'était complètement fou : pendant qu'elle écrivait, tous les détails passaient devant ses yeux avec tant de netteté ! À

---

1. Ramadan : mois de jeûne du calendrier musulman.

présent, tout ce à quoi elle pouvait penser, c'était son ventre vide, la toux affreuse d'Asif et sa jambe écrasée, et cette horrible odeur que dégageait Hassan.

« La Vallée Verte. » Asif fit voler la terre de son pied. « Ça n'existe pas.

— Non, dit Parvana d'une voix morne. Ça n'existe pas. Je l'ai inventée.

— Pourquoi ? »

Parvana haussa les épaules. « Je me disais juste que... Je crois que je me disais juste que si j'étais capable de l'imaginer, je pouvais la faire exister.

— Comme pour le trésor d'Alexandre le Grand dans la grotte ! » répliqua Asif d'un ton railleur.

Parvana était non seulement furieuse d'avoir partagé ses rêves avec Asif, mais surtout de s'être laissé prendre à ses propres rêves, tout simplement. La jambe d'Asif ne repousserait pas, il n'y aurait jamais assez de quoi manger, et l'eau des mares rendrait toujours les gens malades.

Elle déchira la feuille de son carnet, en fit une boulette et la lança dans le champ loin d'elle.

Un léger souffle fit voler le papier et le ramena vers Parvana. Juste à deux mètres d'elle.

Elle lança une pierre dans sa direction, le rata, essaya de nouveau, très en colère.

« C'est n'importe quoi, comment tu lances, dit Asif.

— C'est ça ! tu ferais mieux, toi, avec tes bras comme des ficelles ?

— Même si je n'avais pas de bras je lancerais mieux que toi ! »

C'était un défi, ils allaient le relever. Parvana aida Asif à se mettre debout, et lui tendit deux ou trois pierres. Il les lançait en se tenant sur une béquille. La première fut envoyée déjà bien plus loin que celles de Parvana.

« Je te l'avais bien dit !

— Les premières que j'ai lancées ne comptent pas, protesta Parvana. C'étaient des essais, c'est tout. » Elle en lança une autre. Cette fois, ce fut nettement mieux.

Ils continuèrent ce petit jeu un moment. Tantôt Asif gagnait, tantôt Parvana. Ils continuaient de la même façon : elle lui tendait les pierres pour qu'il les lance.

« N'importe qui peut le faire, avec des cailloux petits comme ceux-là, dit-il. Donne-m'en des gros, et je vais te montrer comment il faut lancer pour de vrai. »

Parvana entassa quelques pierres pour lesquelles deux mains au moins étaient nécessaires si on voulait les lancer correctement. Il fallait qu'elle les lui tienne, parce qu'il ne pouvait pas à la fois les lancer et se tenir sur ses béquilles. L'effort le faisait tousser, mais il ne lâchait pas prise.

Parvana choisit la plus grosse du tas. Une assez lourde. Elle déploya toute sa force et la jeta dans le champ.

Il y eut un vrombissement dans le sol, la terre s'éleva devant eux comme si un monstre était en train de donner des coups de poing pour s'en extraire.

Les enfants poussèrent des hurlements, ils hurlèrent durant plusieurs minutes, et ils hurlaient encore lorsque la poussière retomba enfin.

Asif lança une pierre sur l'épaule de Parvana. « Tu nous a emmenés dans un champ de mines[1] ! » brailla-t-il, et de rage, il hurlait encore plus fort que Hassan. « Tu es vraiment la fille la plus idiote que j'aie jamais connue. Avec tes histoires de lettres et de voyage en France, tu fais n'importe quoi ! On va tous se faire sauter la figure ! Espèce d'imbécile, imbécile, imbécile ! » Il criait le plus fort possible, une de ses mains agrippant son moignon de jambe.

Quelque chose poussa Parvana à prendre dans ses bras le corps chétif du petit garçon. Ils tombèrent par terre, et alors la puanteur, les sanglots de Hassan, tout se mêla, et ils pleurèrent, pleurèrent, pleurèrent sans fin.

---

1. Mine : bombe cachée dans le sol, et qui explose lorsqu'on marche dessus.

11

Combien de temps restèrent-ils ainsi ? Parvana aurait été bien incapable de le dire. Des heures ? Seulement quelques minutes ?

Les mains devant les yeux pour se protéger du soleil, elle regarda, loin devant elle, le champ recouvert de poussière. Un seul regard, même attentif, ne permettait pas de se rendre compte à quel point l'endroit était mortellement dangereux.

Parfois les mines étaient dispersées à la surface du sol, peintes de couleurs vives, comme de jolies décorations. Les gens essayaient de s'en emparer et y perdaient un bras. Mais la plupart des mines étaient enterrées à quelques centimètres dans le sol. On ne savait pas qu'on marchait dessus, avant qu'elles explosent.

Que faire, maintenant ? Parvana n'en avait pas la moindre idée. S'ils étaient arrivés dans un champ de mines, un pas de travers, et la terre s'ouvrirait sous eux.

Devaient-ils traverser le champ et risquer de sauter sur une mine ? Ou bien rester là où ils étaient et mourir de faim et de soif ? Comment savoir quelle était la meilleure décision ? Elle n'en pouvait plus de fatigue et de chagrin et était incapable d'imaginer quoi que ce soit. Elle avait le sentiment que de toute façon ils allaient vers une mort certaine. Jamais elles ne se retrouveraient, Shauzia et elle. Elle pensa à son amie, assise en haut de la tour Eiffel, qui l'attendrait durant des heures pour rien.

Parvana avait posé son menton sur l'épaule d'Asif, et peu à peu leurs pleurs s'étaient calmés, ce n'étaient plus que des sanglots silencieux. Elle regarda à nouveau le champ. Tout ce qu'elle apercevait, c'étaient des rochers, de la poussière, et des collines à perte de vue faites de rochers et de poussière.

Son regard fut attiré par quelque chose qui bougeait et venait dans leur direction. Elle cligna les yeux pour être sûre de ne pas se tromper, puis se redressa.

« Il y a quelqu'un qui vient, dit-elle, il traverse le champ de mines. »

Asif se retourna pour regarder.

« C'est une fille, j'ai l'impression, dit-il.

— Oui, je crois que tu as raison », dit Parvana, qui avait vu le *tchador* flotter sur la tête de la petite fille qui courait au-devant d'eux.

« Tu crois qu'elle existe pour de bon ? » demanda Asif.

Parvana n'avait pas envisagé la question. Ce qu'elle avait cru vrai jusque là s'était souvent révélé n'être que ses rêves.

« On ne peut pas tout de même rêver tous les deux à la fois, non ? »

Ils n'eurent pas le temps de se poser d'autres questions : la fille était là, devant eux, en chair et en os.

« Des enfants ! s'exclama-t-elle. Ça fait des années que je n'en ai pas vu ! » Elle s'approcha d'eux pour les embrasser.

Parvana et Asif étaient tellement stupéfaits que c'est à peine s'ils réagirent.

La fillette était un peu plus petite qu'Asif. Un *tchador* affreusement sale lui recouvrait les cheveux. « Et il y a un bébé avec vous ! Oh, c'est super ! Est-ce qu'il y a eu des morts ? »

Parvana était épuisée par la faim, et son cerveau réagissait très lentement.

« Quoi ?

— L'explosion, dit la fille en agitant les bras. Il y a eu des morts ?

— Non, non, personne n'est mort.

— Comment il s'appelle, le bébé ? » demanda la fille.

Ce fut Asif qui répondit : « Hassan.

— C'est vraiment dommage que vous soyez tous des garçons, dit-elle. Ça fait des mois et des mois que j'aimerais avoir une sœur.

— C'est une fille, dit Asif en désignant Parvana du doigt.

— Ah bon ? Tu as vraiment une drôle d'allure pour une fille. »

Asif ricana. Parvana lui lança un regard furieux. Elle aurait pu en dire autant de cette fille : sa robe ressemblait à un grand morceau de tissu à fleurs avec juste un trou pour la tête. Elle avait une corde en guise de ceinture. Son visage était couvert de plaies, Parvana avait déjà vu cela chez d'autres enfants. Son père lui avait expliqué que c'était dû à une maladie infectieuse. La fille portait un tas de bracelets et de colliers faits d'objets de maintes sortes que Parvana ne sut pas tous identifier – un clou au milieu du collier, et quelque chose qui ressemblait à une douille électrique cassée. Toute cette camelote faisait un drôle de cliquetis et tintinnabulait chaque fois que la fille faisait un mouvement.

Parvana se sentit abattue devant tant d'énergie ; elle n'eut pas le courage de poser à la petite fille quelque question que ce soit.

« Allez, on y va, dit la fille.

— Où ça ?

— Chez moi, tiens ! Quand je trouve quelque chose dans le champ de mines, je le rapporte toujours à la maison. Vous êtes drôlement mieux qu'un chariot ou un âne. Vous avez déjà mangé de l'âne ? Je n'ai pas pu ramener l'âne tout entier chez moi, évidemment. Il a fallu que j'en coupe un morceau, pour pouvoir le transporter. Puis je suis revenue en reprendre, mais les mouches et les buses l'avaient déniché. Je n'aime pas manger des trucs qui ont reçu la visite des mouches, et ces buses, elles me font peur. »

La fille parlait sans interruption. Elle prit les balluchons et commença à marcher. Parvana s'occupa de Hassan, et Asif se débrouilla pour se relever tout seul.

« Attends ! cria Parvana. Et les mines ?

— Elles ne vont rien me faire, répondit-elle. Vous n'avez qu'à me suivre et elles ne vous feront rien non plus. »

Elle les guida dans le champ. Elle avançait d'un pas rapide, par petits bonds, si bien que Parvana, à plusieurs reprises, dut lui crier de les attendre. Le champ de mines était parsemé de squelettes d'animaux, de roues de charriot cassées et de morceaux de bouteilles de soda.

La fille les conduisit jusqu'à une vallée étroite et

117

une petite combe protégée de chaque côté par des collines rocheuses qui la surplombaient.

« Bienvenue à la maison », dit-elle, et elle étendit les bras comme si elle les accueillait dans un palais.

Ce fut d'abord la puanteur qui saisit Parvana à la gorge. L'odeur de viande pourrie semblait s'être ancrée dans la combe au point de ne plus pouvoir s'en échapper. Elle aperçut un mouton à moitié dépecé, ainsi que des chèvres, étalés par terre et couverts de mouches.

La maison était une cabane en torchis comme Parvana en avait déjà tant vu sur sa route. Elle était sur le point de s'écrouler en plusieurs endroits. Le torchis était réparé ici ou là, mais plus grand-chose ne tenait debout. Parvana comprit que la fille, qui ne devait pas avoir plus de huit ans, ne pouvait pas atteindre le haut des murs. Un bout de tissu qui avait plus de trous que de toile était suspendu au-dessus de la porte d'entrée.

En dehors des carcasses d'animaux, des ordures jonchaient le sol un peu partout – des planches cassées, des bouteilles vides, des morceaux de harnais en cuir, des bouts de corde effilochée, des cartons infects dans un fouillis d'herbes folles. Une autre odeur vous sautait au nez. Parvana supposa que la fille se servait de la cour comme latrines.

L'endroit était désert, et personne ne sortit de la maison pour venir à leur rencontre.

« Tu vis seule, ici ? demanda Parvana.

— Oh non. Je vis avec ma grand-mère. Viens, je vais te présenter. Elle va t'adorer, je suis sûre. »

Elle les introduisit dans la maison. C'était très sombre, à l'intérieur, et l'odeur était tout aussi agressive.

« J'ai trouvé des enfants, Grand-Mère. C'est super, non ? Dites bonjour à ma grand-mère », demanda-t-elle à Parvana et Asif.

Sur le moment, Parvana se dit que la fille était complètement folle, qu'il n'y avait personne dans la pièce. Mais petit à petit, ses yeux s'habituèrent à l'obscurité de la petite maison et elle vit un placard assez haut, et quelques matelas miteux disposés le long des murs avec une pile de vêtements dans un coin de la pièce.

La petite fille s'approcha de la pile, s'agenouilla, et eut l'air d'y écouter quelque chose. « Grand-Mère dit qu'elle est très heureuse de vous voir, et elle vous prie de rester autant que vous voulez.

— On ferait mieux de partir d'ici, dit Asif. Elle est aussi dingue que toi. »

Parvana était plutôt d'accord avec lui, quand elle regarda plus attentivement du côté du tas de vêtements. Elle se mit à genoux et y posa la main. Elle sentit quelque chose d'osseux, en forme de colonne vertébrale, avec le souffle d'une respiration à peine perceptible.

La grand-mère de la fille était roulée en boule sur un matelas de quelques centimètres d'épaisseur, son dos face à la porte. Un tissu sombre lui recouvrait tout le corps. Même son visage était caché. Elle ne faisait pas un mouvement, aucun bruit. Seule sa légère respiration et l'absence d'odeur de mort en cet endroit firent comprendre à Parvana que la vieille dame était vivante.

La petite fille n'avait pas l'air de se rendre compte que quelque chose clochait. Elle les fit ressortir.

« Grand-Mère a besoin de beaucoup de repos », dit-elle, avant de se lancer dans un tourbillon d'agitation.

Parvana se souvint que sa mère était restée ainsi, prostrée sur le *doshak*, chez eux, quand son père était en prison. Elle se souvint aussi de la femme sur la colline.

C'était ce qui arrivait aux grandes personnes quand le chagrin les faisait succomber. Elle se demanda si cela lui arriverait un jour, à elle aussi.

Elle avait des dizaines de questions à poser à la fille, mais elle se contenta d'une seule, pour commencer :

« Comment tu t'appelles ?

— Leila », répondit la fille, qui alla leur chercher de l'eau et du riz froid.

Ce repas revigora Parvana et Asif, mais ni l'un ni

l'autre ne parvint à faire manger Hassan. Il semblait indifférent à tout.

« Il est quasiment mort, dit Leila d'un ton détaché.

— Pas du tout, répliqua vivement Asif. Il va aller très bien, tu vas voir. » Il trempa le coin de son vêtement dans l'eau et le donna à sucer à Hassan. Il y eut un moment durant lequel Hassan fit comme s'il n'en voulait pas, puis il attrapa le bout de tissu et le suça. « Tu vois ? Je te dis qu'il va aller très bien. » Il confectionna une boulette avec un peu de riz, et Hassan lui fit également honneur.

Il y avait un puits dans la combe, avec une pompe à bras, où ils purent se laver. Leila leur apporta des vêtements propres.

« C'étaient ceux de ma mère », dit-elle.

Parvana fut très fière de ne pas éclater de rire quand Asif sortit de la maison habillé en *shalwar kamiz* pour femme, obligé qu'il était d'attendre que ses propres vêtements soient lavés et séchés. Son corps squelettique se noyait dans les vêtements d'adulte et sur son visage se lisait une expression furibonde.

Parvana était contente d'être à nouveau habillée en fille. Le *shalwar kamiz* que Leila lui avait donné était bleu clair avec des broderies blanches sur le devant. Elle avait presque l'impression d'être à nouveau jolie.

Dans la combe il y avait un foyer entouré de pierres où l'on pouvait poser les casseroles. Leila fit cuire du riz et du ragoût de viande pour le dîner. Avant de servir, elle prit un tout petit peu de nourriture qu'elle plaça dans un petit trou qu'elle avait creusé dans le sol avec ses doigts. Parvana était trop fatiguée pour lui demander ce qu'elle faisait là.

« C'est du ragoût de pigeon, dit la petite fille. J'espère que vous aimez ça. »

Parvana aurait pu manger du vautour, cela lui aurait été parfaitement égal. N'importe quelle nourriture faisait l'affaire. Asif recueillit un peu de bouillon dans une cuiller et le donna à boire à Hassan. Celui-ci engloutit tout d'un trait, les yeux rivés sur Asif.

Ils prirent leur repas du soir dans l'unique pièce de la maison, là où se trouvait la grand-mère de Leila. La petite fille parlait sans arrêt tout en remplissant les assiettes et de temps en temps soulevait la couverture de la tête de la vieille dame pour lui présenter l'assiette.

Parvana observait avec attention. Elle finit par apercevoir quelques mouvements très lents sous la couverture tandis que la vieille dame prenait un ou deux morceaux de viande qu'elle portait de l'assiette à sa bouche.

Et pendant ce temps-là, Leila parlait, parlait, parlait... Les mots débordaient de sa bouche comme du lait bouillant qui s'échappe d'une casserole.

« Je sais que je parle beaucoup, dit-elle, mais ça fait tellement longtemps que je ne parle plus à personne, surtout à des enfants. Évidemment, il y a Grand-Mère, mais elle ne dit pas grand-chose. »

Pour autant que Parvana pouvait en juger, Grand-Mère restait parfaitement muette.

« Elle a toujours été aussi calme ? demanda-t-elle à Leila.

— Oh non ! Elle parlait tout le temps, avant. Dans ma famille, toutes les femmes sont des pipelettes. Jusqu'à ce que ma mère disparaisse, elle n'arrêtait pas de parler.

— Les mères ne disparaissent pas comme ça, dit Asif.

— Tu sais, en réalité elle est allée chercher mon frère et mon père. Quelqu'un est venu par ici et nous a dit qu'ils avaient été tués dans un combat. Mais elle ne l'a pas cru et elle est partie pour aller voir elle-même. Elle n'est pas encore revenue. Tous les jours, je m'assois sur la colline et je surveille pour voir si elle revient, mais ce n'est pas encore le moment. »

Elle a l'air perplexe, songea Parvana, comme si elle n'arrive pas à comprendre pourquoi sa mère met tant de temps à rentrer.

Asif posa la question que Parvana n'osait pas poser.

« Ça fait combien de temps qu'elle est partie ? »

Leila eut l'air embêté.

« C'était avant l'hiver dernier ? demanda Parvana.

— Oui, répondit Leila. Avant l'hiver. Il faisait encore chaud, la nuit, quand elle est partie. »

Cela faisait des mois et des mois.

« Et tout ce temps-là, tu es restée seule ?

— Non, pas seule, insista Leila. Avec Grand-Mère. »

Asif et Parvana se regardèrent. Rester seule avec une grand-mère dans cet état n'était pas mieux que d'être tout à fait seule.

« Vas-y, parle autant que tu en as envie, dit Parvana. Nous, on t'écoute. »

12

Ils passèrent la nuit dans la petite maison. Leila partagea son matelas avec Parvana, et Asif dormit à côté de Hassan. Une nuit de sommeil profond, pour Parvana, une nuit sans rêve.

Elle fut réveillée par les mouches.

« Il faut faire quelque chose, ce n'est pas possible », se dit-elle en se grattant les chevilles. Et pour les punaises qui infestaient le lit, il fallait faire quelque chose aussi. C'est à ce moment-là qu'elle se rendit compte qu'elle avait en fait décidé de rester quelques jours de plus.

Les autres dormaient encore. Parvana souleva

doucement le bras de Leila qui reposait sur sa poitrine et sortit.

La combe était un monde à elle toute seule. À la façon dont les collines l'entouraient, il était facile de croire que plus rien n'existait au-delà de la ligne d'horizon.

Parvana fit le tour de la petite maison. Derrière, se trouvait un espace répugnant de saleté qui avait l'air d'avoir été un potager dans une vie antérieure. Des baguettes plantées dans le sol semblaient avoir servi de tuteurs à tomates, comme ceux qu'elle avait vus dans les villages qu'elle avait traversés avec son père.

Près du jardin était posée une cage en fer rouillé pleine de pigeons. Une cage plus haute que Parvana, dont le perchoir était cassé et reposait à terre, recouvert de fientes. La plupart des pigeons sautillaient çà et là dans les crottes qui jonchaient le fond. L'un d'eux tentait de s'échapper par un trou dans les barreaux. Parvana y passa la main pour caresser un peu la douce tête de l'oiseau.

« C'est l'un d'eux que nous avons mangé hier soir, dit Leila qui s'était approchée. On en mange de temps en temps, mais ils continuent à faire des petits, alors on en a toujours à manger. »

Leila fit faire à Parvana le tour de la combe.

« Là, ce sont des pommiers », dit-elle en désignant deux arbres touffus à feuilles vert clair lustrées, avec de petites pommes vertes sur les branches. « À l'automne, les pommes seront bonnes à manger. Elles sont bonnes, simplement il faut faire attention aux vers. »

À un autre endroit se trouvaient des sacs de farine et de riz. Parvana aperçut des trous de souris dans certains d'entre eux.

« Viens voir ma maison à trésors », dit Leila.

La maison à trésors en question était en fait un amas de planches posées contre un rocher. Leila en retira une du tas. Parvana jeta un œil et vit des boîtes d'huile de table, quelques bouts de tissu, une boîte d'ampoules, des casseroles, des sandales de toutes les tailles, des casquettes pour hommes, des mètres de corde, quelques bouteilles thermos, et une boîte remplie de savonnettes, dont quelques-unes avaient reçu la visite des souris.

« Mais d'où est-ce que ça vient, tout ça ? demanda Parvana.

— C'est un camelot qui a sauté sur une mine, dans le champ. Ç'a été un bon jour, le jour où on a trouvé tous ces trésors. C'est moi qui me suis fait moi-même cette robe avec un de ces morceaux de tissu. »

Parvana s'efforçait de comprendre. « Tu es en train de me dire que tu vas dans le champ de mines quand tu entends une explosion ?

— Oui, bien sûr. C'est comme ça que je vous ai trouvés.

— Et le camelot ?

— Oh, lui, il a sauté. Avec sa carriole et tous ses vêtements. Rien de bien utile pour nous. Il a fallu que je fasse plusieurs trajets pour rapporter toutes ces affaires à la maison. »

Parvana eut la vision de Leila en araignée, attendant de piéger une mouche dans sa toile.

Asif était arrivé juste au moment où Leila racontait cela.

« Tu vas vraiment dans le champ de mines ? C'est complètement idiot. »

Parvana la regardait d'un œil sombre.

« Il veut dire que c'est dangereux.

— Pas pour moi, dit Leila. La terre m'aime bien. Chaque fois que je mange, j'enterre une petite miette de nourriture dans le sol, pour le nourrir. C'est ça qui me protège. Oh non, pour moi, ce n'est pas dangereux. Faites comme moi, et ce ne sera pas dangereux pour vous non plus.

— Tu es un peu dingo, non ? dit Asif.

— Ne fais pas attention, dit Parvana, qui entoura la petite fille de ses bras. Il est toujours de mauvaise humeur.

— Vous deux, vous êtes faites pour vous entendre, dit Asif par-dessus son épaule tout en s'éloignant en boitillant pour aller voir Hassan qui pleurait. Vous êtes toutes les deux des rêveuses. »

Leila adressa un sourire à Parvana.

« Et si on était sœurs ? » proposa-t-elle.

L'idée plut à Parvana.

« D'accord.

— Est-ce que tes frères peuvent être mes frères ?

— Tu veux dire, Asif et Hassan ? Mais ce ne sont pas mes frères. Nous nous sommes trouvés, en quelque sorte.

— Eh bien, ça fait qu'ils sont tes frères, dit Leila.

— Oui, tu as raison », reconnut Parvana, et elle se demanda ce que ressentirait Asif quand il apprendrait qu'elle était sa sœur.

« Et donc, ils sont aussi *mes* frères, et ma grand-mère est *ta* grand-mère. »

Un tas affalé sur un matelas en guise de grand-mère... Mais Parvana ne dit rien du sentiment si bizarre que cette idée faisait naître en elle. Peu importait. C'était toujours bien d'avoir une grand-mère.

« Qui t'a appris à faire la cuisine et à t'occuper de la maison ? demanda Parvana.

— J'ai regardé faire mon frère et mon père avant qu'ils partent pour la guerre. Ma grand-mère et ma mère m'ont appris d'autres choses, et il y a des trucs que j'ai inventés moi-même. » Leila s'éclipsa pour aller allumer le feu et faire chauffer l'eau pour le thé.

Parvana trouva Asif se traînant parmi un tas de vieilles planches près de la cage aux pigeons.

« J'étais en train de penser que j'aimerais bien rester là quelques jours, lui dit-elle.

— Si tu crois que je vais rester là avec cette dingue et sa dingue de grand-mère, tu es aussi dingue qu'elles.

— Je ne t'ai pas demandé de rester, répliqua Parvana. Je te dis seulement que moi, je reste. Hassan aussi, ajouta-t-elle.

— Tu espères sans doute que je vais m'en aller, dit Asif. Ça t'embêterait drôlement que je reste. »

Parvana connaissait la suite. Elle garda son calme.

« Alors, je reste, décida Asif. Juste parce que ça t'embête. » Il donna un dernier coup de béquille dans les décombres puis s'en alla.

Parvana soupira. Il était vraiment pénible.

Chère Shauzia,

Nous avons trouvé une vraie Vallée Verte. C'est encore un peu sauvage, comme endroit, et il va y avoir beaucoup de travail pour en faire quelque chose de beau, mais on va y arriver.

Ici, les enfants sont en sécurité. Personne ne vient les blesser, les battre ou les enlever en pleine nuit. Tout le monde est gentil avec tout le monde, et personne n'a peur.

Nous ne laisserons pas entrer la guerre ici. Nous construirons un endroit où les gens sont heureux et libres, et s'il vient des soldats ils se sentiront trop bien ici pour continuer de faire la guerre.

Parvana parcourut la vallée des yeux. Il y avait vraiment du travail... Elle sourit.

Ils commenceraient d'abord par tout nettoyer.

14

13

Les jours qui suivirent, Parvana ne dit rien de ses projets. Asif et elle avaient besoin de repos, ils devaient s'occuper de Hassan ; et elle voulait que Leila s'habitue à leur présence avant de changer quoi que ce soit au lieu.

Elle se servit d'une vieille planche pour jeter de la terre sur les carcasses d'animaux. Il aurait fallu les enterrer en bonne et due forme, mais elle ne se sentait pas la force de le faire pour l'instant.

« La terre pourra peut-être faire fuir les mouches », expliqua-t-elle à Leila, qui avait pris l'habitude de la suivre partout où elle allait.

« Je n'ai jamais pensé à ça, se récria Leila. Personne ne m'a jamais dit ça. » Elle baissa le regard. « J'essaie de faire au mieux. »

Parvana se pencha vers Leila et la regarda droit dans les yeux. « Il y a des tas de choses que tu fais très bien, déclara-t-elle. Mais quand on ne sait pas, on ne sait pas. Ce n'est pas la peine d'en avoir honte. »

Parvana repoussa une mèche qui masquait le visage de la petite fille, et Leila put voir qu'elle souriait.

Parvana eut un brusque mouvement de recul puis se força à regarder à nouveau. Sous les mèches de cheveux qui couvraient le front de Leila s'étendait une large plaie, comme celles, plus petites, qui marquaient son visage. Mais dans celle-là gigotaient de petits vers blancs.

« Viens avec moi », dit-elle, et elle amena la petite fille au soleil.

« Qu'est-ce que tu es en train de faire ? » demanda Asif.

Parvana lui montra la blessure.

« Laisse-moi m'en occuper, dit-il. Je suis plus patient que toi. »

Parvana allait répliquer, mais elle se rendit compte qu'il avait raison. Elle alla faire chauffer de l'eau pour laver la blessure. Sa mère faisait toujours cela.

« Non mais, tu te rends compte que tu as des vers

qui grouillent sur ta figure ? entendit-elle Asif dire à Leila.

— Parfois je les sens, j'essaie de les faire partir avec ma main, mais parfois je ne les sens pas. »

Parvana alla prendre un peu de savon dans la maison aux trésors et fit chauffer une casserole d'eau. Elle découpa quelques bandes de tissu et porta le tout à Asif et Leila. En chemin, elle vérifia que tout se passait bien pour Hassan. Il faisait la sieste dans la petite maison, non loin de Grand-Mère.

« Vous allez avoir besoin de ça », dit Parvana à Asif et Leila. Mais ils ne prêtèrent pas l'oreille à ses propos. Leila discourait à la vitesse de trois mille mots par minute tandis qu'Asif, patiemment, retirait les petits vers de sa plaie.

« Ce sont les mouches, dit-il. Elles pondent des œufs dans la plaie, et les œufs deviennent des vers.

— Comment tu as fait, pour être si malin ? » demanda Leila.

« Tout le monde sait cela », fut sur le point de dire Parvana, mais elle se retint. De fait, Asif était tout sourire.

« Je peux te remplacer, dit Parvana.

— Pourquoi ? On n'a pas besoin de toi. » Asif enleva les derniers vers ; il tamponna doucement la plaie avec un tissu trempé dans de l'eau chaude. « Il faut que ton visage soit toujours propre, dit-il à Leila.

Tout ton corps, d'ailleurs, doit rester toujours propre.

— Je sais, dit-elle. Maintenant que vous êtes là, je vais faire des efforts. Quand il n'y avait que Grand-Mère et moi, j'avais tendance à oublier. »

Parvana les laissa tous les deux. Elle n'arrivait pas à définir ce qu'elle ressentait exactement. Est-ce qu'elle était jalouse ? Jalouse de quoi ? Mentalement, elle s'adressa un bon coup de pied au derrière. Ils étaient là, enfin en sécurité, avec de quoi manger et de quoi boire, et elle faisait la tête. Mais enfin qu'est-ce qu'elle avait ?

En tout cas, pour l'instant, elle ne comprenait pas. Tout ce qu'elle pouvait comprendre, c'était qu'elle avait du pain sur la planche. Elle reprit ses vieux habits de garçon pour ne pas salir ses habits de fille, et se mit à la tâche.

Petit à petit, la Vallée Verte prit forme. Le pire fut de tirer les carcasses d'animaux hors de la combe et de les enterrer en dehors de la vallée. Asif leur attacha une corde, Parvana et Leila furent chargées de tirer, et à eux trois ils creusèrent les trous. Puis ils construisirent de vraies latrines et nettoyèrent la combe de tout ce qui attirait les mouches. On entendit nettement moins de bourdonnements, après cela.

« Mais où est-ce que vous avez appris à faire tout ça ? » demandait Leila dès qu'ils entreprenaient quelque chose de nouveau.

Parvana ne s'en souvenait plus très bien. « Ma mère aimait que tout soit propre, et elle me demandait toujours de l'aider. Et puis, j'ai vu comment faisaient les gens dans les villages et les camps que j'ai traversés avec mon père. Et il y a des choses qui sont juste une question de bon sens.

— C'est toi qui parles de bon sens ? » demanda Asif en éclatant de rire.

Parvana fit mine de ne pas l'entendre. Elle en était arrivée à la conclusion qu'Asif était capable d'être aimable avec tout le monde sauf avec elle.

« Il faut empêcher que les souris aillent dans les sacs de riz et de farine », dit-il. Il fouilla dans les vieilleries qui jonchaient la combe jusqu'à ce qu'il trouve assez de planches et de bâches en plastique pour pouvoir construire des abris où les souris n'entreraient pas. Il se servait de cordes pour tout faire tenir quand il ne trouvait plus assez de clous.

« Vous, les filles, vous allez trier ce qui reste de riz et de farine, ordonna-t-il. Et moi je vais fabriquer de petits sachets en plastique pour ce qui est encore utilisable. »

Parvana remarqua qu'Asif était toujours rayonnant lorsqu'il donnait des ordres.

Leila et elle allèrent porter les sacs rongés en haut de la colline, au poste d'observation de Leila.

« En même temps qu'on trie le riz, on peut voir si ma mère arrive, dit Leila. Et la tienne aussi.

— Pourquoi pas ? répondit Parvana tout en jetant au loin une crotte de souris.

— Peut-être que ta mère et ma mère vont se rencontrer, et elles traverseront le champ ensemble, pour venir ici. Ce serait chouette, non ?

— Ce serait très chouette, mais ça a peu de chance d'arriver.

— Oui, mais ça pourrait *quand même* arriver, insista Leila. Non ? Tu ne crois pas que ça pourrait arriver ?

— D'accord, concéda Parvana. Ça pourrait arriver. »

Aussitôt Leila imagina longuement et avec force détails comment leurs mères se rencontreraient, comment elles sauraient, par on ne sait quel mystère magique, que leurs enfants étaient ensemble, et décideraient qu'il était grand temps d'aller les retrouver. Quand la petite fille se tut enfin pour reprendre son souffle, Parvana n'était pas loin de la croire.

« La mère d'Asif est morte, dit Leila. Son père aussi. Et tous les autres membres de sa famille.

— Comment tu le sais ?

— Il me l'a dit. Il vivait avec un oncle qui le battait, alors il s'est enfui.

— Pourquoi est-ce qu'il t'a raconté tout ça ? Moi, il ne m'a jamais rien raconté », dit Parvana, mais Leila était déjà lancée sur un autre sujet. Parvana n'écoutait plus. Elle était trop occupée à songer à Asif, ce garçon qui la contrariait tant.

Les jours passaient, la Vallée Verte avait de plus en plus fière allure, et les enfants allaient de mieux en mieux. Les plaies de Leila commençaient à cicatriser, et un jour Parvana lava et coiffa les longs cheveux de la petite fille. Elle ne disposait pas de vrai peigne et devait se servir de ses doigts, mais les cheveux de Leila furent tout de même bien plus beaux une fois qu'ils furent coiffés. Parvana les attacha en deux longues nattes et se mit à rire lorsque Leila les fit se balancer d'une joue à l'autre, ravie de les sentir bouger.

Hassan perdit son regard de bébé égaré.

« C'est comme une plante, dit Parvana. Si on ne l'arrose pas, elle dépérit, mais quand on l'arrose à nouveau, elle reprend vie. » Il commença à marcher à quatre pattes. « C'était bien plus facile de s'occuper de toi quand tu restais là où on te mettait », lui dit Parvana. Il fallait en effet le surveiller de près, car il fourrait dans sa bouche tout ce qui lui tombait sous la main, que ce soit bon ou non.

Hassan acceptait que quiconque lui donne à manger, avec tout de même une nette préférence pour Asif. Et quand il en avait assez de celui-ci, il partait en rampant dans les environs à la recherche de n'importe quoi qui puisse l'amuser. Ce qu'il adorait, c'était observer les pigeons, et lorsque les enfants ne le trouvaient plus, c'est qu'il était près de la cage, en général.

« Hassan se tient debout ! » s'écria Asif un jour. Les autres arrivèrent en courant. Hassan s'était relevé tout seul en s'aidant des barreaux de la cage. Il arborait un large sourire et riait en essayant d'attraper les oiseaux, mais quand il lâcha la cage, il retomba sur ses fesses. Il eut l'air étonné, tendit le bras et se redressa à nouveau tout seul.

Un jour, les enfants ne trouvèrent pas Hassan. Il n'était ni près de la cage aux pigeons ni dans la maison. Parvana sentit un frisson glacial lui traverser le ventre.

« Il ne peut tout de même pas être dans le champ de mines !

— Bon, ne reste pas ici. Va le chercher, dépêche-toi ! » cria Asif.

Leila fut la plus rapide. Hassan avait traversé la petite vallée à quatre pattes et se trouvait tout au bord du champ de mines. Elle l'attrapa de justesse par le vêtement.

« Tu n'as pas le droit d'aller par-là, dit-elle tandis que Hassan protestait en hurlant. La terre ne te protège pas encore, toi. » Elle le tendit à Parvana, tout frétillant et gesticulant.

Les enfants discutèrent de l'incident. « Il n'est pas possible de le laisser ramper dans le champ de mines, dit Parvana. Mais on ne va pas non plus passer toute la journée à lui courir après. »

Asif trouva la solution.

« Attache-lui une longue corde autour de la taille. Comme ça il pourra marcher à quatre pattes partout sans aller là où il n'a pas le droit d'aller. » Ils essayèrent, et cela fonctionna parfaitement.

Du moment qu'il avait quelque chose sur quoi il puisse s'appuyer, Asif aimait beaucoup réparer les murs de torchis. Il fabriqua un dispositif fait de longues planches qui lui permettait d'atteindre le haut des murs. En peu de temps la maison eut l'air plus solide.

Leila et Parvana allèrent déterrer des fleurs sauvages sur le bord du champ de mines et les replantèrent dans la combe. Leila composa une petite bordure en pierre pour le parterre. Cela rappelait à Parvana les fleurs qu'elle avait plantées autrefois sur le marché à Kaboul. Elle se demanda si elles fleurissaient encore.

Aucun des enfants n'avait la moindre notion de l'entretien d'un potager, mais quand Parvana eut retiré les mauvaises herbes et les broussailles, elle vit que quelques légumes étaient déjà en train de pousser.

« Peut-être que des graines sont tombées des légumes de l'année dernière, dit-elle à Leila qui lui donnait un coup de main.

— Peut-être que c'est magique, dit Leila. Je t'ai dit, la terre m'aime bien. »

Elle entreprit d'enterrer un peu de leur nourriture au début de chaque repas. Parvana se fit prier, mais finit par le faire aussi. Au début, elle trouvait cela complètement fou, mais cela finit par devenir une habitude.

Quant à Asif, il refusa. « Rien ne protège contre les mines, répétait-il sans cesse. Vous êtes vraiment des imbéciles, toutes les deux.

— C'est comme ça que tu as perdu ta jambe ? » demanda Parvana. Elle n'avait jamais osé lui poser la question auparavant. Mais s'il voulait bien parler à Leila de sa famille, peut-être était-il prêt à parler de son accident, également.

Elle s'était trompée.

« Non, ce n'était pas une mine, dit-il, en la fixant du regard. C'est... un loup qui m'a dévoré ma jambe, mais moi j'ai dévoré le loup, et j'ai gagné.

— Tu es drôlement courageux », dit Leila. Asif lui adressa un sourire et redressa fièrement sa maigre poitrine.

Parvana se contenta d'ouvrir des yeux ronds.

Comme chaque après-midi, elle partit à la recherche d'un endroit ombragé, et écrivit à son amie.

Chère Shauzia,

Nous avons réparé la cage aux pigeons, ce matin, et nous l'avons nettoyée. Si seulement nous avions des graines pour les légumes... Avec tout l'engrais que nous donnent les pigeons, nous pourrions avoir un super potager.

Des poulets, ce serait pas mal, aussi. Le pigeon, c'est bon à manger, mais je préfère le poulet.

Peut-être qu'un autre marchand va se faire prendre dans le champ de mines, un marchand de poulets, de graines, de lampes à huile, de jouets pour Hassan, de livres pour moi, avec aussi une prothèse pour Asif, de vrais bijoux pour Leila et des doshaks neufs. Des moelleux, sans punaises dedans.

D'ici là, il faut faire avec ce qu'on a.

Parvana relut ce qu'elle avait écrit, songeant à quel point ce serait merveilleux d'avoir tout cela. Puis elle se rendit compte que pour que ses vœux soient exaucés, un marchand devait perdre la vie.

Il y eut quelques secondes durant lesquelles elle se demanda quel genre de personne elle était en train de devenir. Puis elle refusa de se poser plus longtemps la question. « Ce n'est pas moi qui ai créé ce monde, se dit-elle. Moi, ce qu'on me demande, c'est d'y vivre, c'est tout. »

14

Leila et Parvana s'organisèrent pour s'occuper à tour de rôle de Grand-Mère. Elle n'exigeait pas une attention très soutenue : elle restait dans son coin, à manger ou à dormir. Plusieurs fois par jour, Parvana ou Leila lui apportaient une cuvette, maintenant une certaine intimité autour d'elle pendant qu'elle s'en servait pour faire ses besoins, puis allaient la vider dans les latrines.

Au début, les enfants veillaient à ne pas parler trop fort près d'elle, mais assez vite ils oublièrent ces précautions et discutèrent dans la maison aussi naturellement qu'ils le faisaient au dehors. Parfois Hassan s'accrochait à elle quand il s'entraînait à se tenir debout. Peut-être que tout cela dérangeait Grand-Mère, en tout cas elle n'en signifia jamais rien.

Parvana trouva des aiguilles et du fil dans la maison aux trésors.

« Je vais arranger ta robe, dit-elle à Leila. Ce que tu as fait est très joli, mais à mon avis on peut en faire quelque chose de plus joli encore. »

Certes, les manches de la robe que Parvana cousit pour Leila n'étaient pas de même longueur – elle n'était pas une spécialiste en couture –, mais le vêtement avait à présent un peu plus d'allure que celui que portait la petite fille, et le tissu mettait en valeur ses yeux bleus.

Un jour, des semaines après leur arrivée, Parvana décida de débarrasser les étagères de la petite maison de la poussière qui les encrassait. Elle se souvenait comment sa mère et Nooria n'en finissaient plus de nettoyer les placards dans la minuscule pièce que la famille partageait à Kaboul, avec l'eau qu'elle devait aller chercher très loin pour cela.

Peut-être qu'ils pourraient ajouter une pièce à leur maison de la Vallée Verte, voire deux chambres. Sa mère, Grand-Mère et Nooria pourraient dormir dans l'une. Hassan serait un formidable petit frère pour son frère Ali, et Asif pourrait partager une chambre avec les deux garçons et veiller sur eux. Elle, elle dormirait dans la troisième pièce avec sa petite sœur Maryam et Leila. Ce serait tellement magnifique de se retrouver tous ensemble !

Son cœur se serra brusquement à la pensée de sa famille : elle lui manquait tant...

Elle laissa retomber le vêtement dans le panier et se précipita en haut de la colline, à leur poste d'observation. Leila y était déjà.

« Tu as vu quelque chose, aujourd'hui ?

— J'ai vu des chars qui passaient là-bas, dit Leila. Mais à mon avis ils ne m'ont pas vue : ils ne m'ont pas tiré dessus.

— La guerre ne nous atteindra pas, ici, dit Parvana en caressant les cheveux de la petite fille. La route est loin. Et ta mère, tu l'as vue ? Et la mienne ? »

Leila se replongea dans l'observation du paysage.

« Non, pas de mère, aujourd'hui.

— Peut-être demain, dit Parvana.

— Peut-être demain. »

Parvana s'accroupit auprès de sa nouvelle petite sœur. « Si elles ne se montrent pas bientôt, il faudra que je reparte à leur recherche.

— On pourrait surveiller chacune notre tour, dit Leila. S'il y avait tout le temps quelqu'un, elles ne pourraient pas nous échapper. »

« Je dois poursuivre mon voyage », pensa Parvana. Elle se souvint des longs mois passés à souffrir de la faim et de la fatigue, quand elle parcourait la campagne à pied. Cette fois-ci, elle serait seule. Elle ne pouvait demander à Asif de venir avec elle. Il était en train de s'installer ici comme si c'était chez lui. Il n'était pas souhaitable d'éloigner Hassan de cet endroit où il pouvait manger convenablement et où il était heureux.

« Tu vas rester ici pour toujours, hein ? » demanda Leila à Parvana en prenant ses doigts dans les siens. « Nous sommes sœurs. Il faut que tu restes.

— Je resterai », répondit Parvana, mais elle ne dit pas qu'elle resterait pour toujours. Elle pressa très fort la main de la petite, puis retourna à la maison pour reprendre le ménage.

« Je vais continuer mes recherches, rêva-t-elle à voix haute tout en finissant de gratter les étagères. Je vais le faire. Seulement... pas tout de suite. »

Cette décision prise, elle se sentit beaucoup mieux, et poussa un long soupir de satisfaction. Puis elle parcourut l'unique petite pièce du regard à la recherche de quelque chose d'autre à arranger.

Elle avait déjà balayé le matelas de sol à l'aide de branchages, mais le résultat ne lui convenait guère. Il aurait vraiment fallu tout sortir dehors pour en évacuer la poussière. Les *doshaks* aussi avaient besoin d'être aérés. Et peut-être que la chaleur du soleil ferait partir les punaises et les poux.

« Mère ne me reconnaîtrait pas », pensa Parvana

en riant toute seule. « Parvana qui fait le ménage sans qu'on le lui demande ! » Elle portait même à nouveau ses vêtements de fille tout le temps, sauf quand elle entreprenait de gros travaux très salissants. Et ses cheveux repoussaient... Bientôt, elle allait pouvoir se les coiffer derrière les oreilles.

Elle voulut sortir deux des trois *doshaks* pour les installer dans la combe. Elle en attrapa un par le coin et secoua de toutes ses forces. Mais rien ne bougeait.

Grand-Mère ! voilà l'explication... C'était le *doshak* du matelas où était recroquevillée Grand-Mère...

« Toi aussi, tu as besoin de prendre l'air, exactement comme les matelas », dit Parvana. Elle rit de ce qu'elle venait de dire car en prononçant ces mots elle ressemblait à Mme Weera, l'amie de sa mère, une femme autoritaire[1].

Parvana sortit dans la combe. Leila, qui était revenue de son poste d'observation, était en train de battre l'un des *doshaks* avec une baguette pour le délivrer de sa poussière et de ses punaises. Asif distrayait Hassan avec un morceau de bois qu'il faisait voltiger dans la poussière comme une voiture miniature. Il faisait le bruit du moteur et Hassan essayait de l'imiter.

---

1. Voir *Parvana, une enfance en Afghanistan*.

« Est-ce que ta grand-mère peut marcher ? demanda Parvana à Leila.

— Elle marchait, avant que Mère s'en aille.

— On va la faire sortir, dit Parvana. Ça lui fera du bien, et comme ça nous pourrons en profiter pour donner un bon coup de chiffon à l'intérieur. »

Asif ne pouvait pas les aider beaucoup, mais il les accompagna dans la maison, avec Hassan qui rampait derrière lui. Il adorait essayer de s'accrocher aux béquilles d'Asif.

Parvana et Leila s'accroupirent devant la vieille dame.

« Nous allons t'installer dehors, Grand-Mère », dit Leila.

Pas de réponse.

« Comment est-ce qu'on va s'y prendre ? demanda Leila. On ne peut pas la porter.

— Sors-la en la laissant sur le *doshak* », suggéra Asif. Comme s'il avait compris, Hassan grimpa en gloussant sur le matelas à côté de Grand-Mère.

Les filles saisirent le bout du matelas, le tirèrent tout doucement à travers la pièce et passèrent la porte. Parvana vit les mains toutes maigres de Grand-Mère qui s'agrippaient au matelas pour éviter de tomber, mais elle ne bougea pas plus que cela. Hassan était enchanté de ce trajet en voiture-matelas.

« Mettons-la au soleil, un petit peu, proposa Leila.

S'il se met à faire trop chaud, nous l'installerons à l'ombre. »

Hassan prenait la vieille dame pour un meuble à escalader, et il fallut qu'Asif lui redonne le jouet avec lequel il s'amusait l'instant d'avant.

Parvana et Leila installèrent le matelas dehors, le battirent pour en faire sortir la poussière et sous le soleil il reprit au bout d'un moment une autre allure. Puis elles s'occupèrent de l'intérieur de la maison – nettoyage à fond jusqu'à ce que ça sente bon et brille partout.

À la suite de cela, tous les jours, elles firent faire sa sortie à Grand-Mère. Un après-midi, alors que leur attention sur Hassan s'était un peu relâchée, l'enfant en profita pour attraper le *tchador* de la vieille femme, et il le lança au loin en éclatant de rire.

Grand-Mère se recroquevilla pour se cacher le visage. Leila reprit le *tchador* des mains de Hassan ; elle s'apprêtait à le rendre à Grand-Mère quand Parvana intervint. « On va le laver, d'abord. »

Et tandis qu'il séchait, Leila coiffa avec ses doigts les longs cheveux grisonnants de Grand-Mère. Tout doucement, le corps de la vieille femme commença à se détendre et son visage, caressé par le soleil, se décrispa. Parvana n'en fut pas tout à fait sûre, mais elle crut bien la voir sourire.

Les jours et les semaines passaient – journées pleines de soleil et de lumière, avec suffisamment de quoi manger, et beaucoup de tâches amusantes à faire. Les plaies sur le visage de Leila s'étaient complètement cicatrisées, Hassan en grandissant devenait un petit bonhomme plein de vigueur, et Asif ne toussait plus. Souvent, la nuit, ils s'asseyaient autour du feu et s'amusaient à raconter des histoires ou à chanter. En général, Hassan s'endormait sur les genoux d'Asif, mais parfois, si Grand-Mère était avec eux, c'était tout contre elle qu'il se laissait aller au sommeil, et Parvana la voyait caresser tout doucement les cheveux du petit garçon endormi.

Chère Shauzia,

Les bons jours, Grand-Mère s'assoit face à la porte, quand elle reste à l'intérieur. Parfois c'est un petit peu plus dur pour elle, et elle retourne à sa place la tête tournée vers le mur. Je lui dis que ça ne fait rien. Je sais ce que c'est, les mauvais jours.

Pas de signe de nos mères, pour l'instant. Leila dit que ce n'est qu'une question de temps. J'espère que Nooria ne sera pas trop autoritaire, quand elle viendra ici. J'espère qu'elle tiendra compte de ce que j'ai trouvé cet endroit avant elle et qu'elle m'écoutera, mais là, c'est un peu beaucoup espérer.

Dans ses très très bons jours, Grand-Mère s'exerce à se tenir debout. Ses jambes ne sont pas encore assez solides pour la soutenir plus de quelques minutes.

*Parfois, c'est Hassan qui essaie de se mettre debout,
en même temps qu'elle. Ils s'entraînent ensemble, ils
se ressemblent incroyablement, c'est vraiment drôle à
voir. Cela fait même rire Asif – ce n'est pas très gentil de ma part de dire ça, parce que maintenant Asif
rit tout le temps. Nous disons à Grand-Mère que c'est
le bébé qui nous fait rire, mais ce sont tous les deux,
en fait.*

« Je ne sais pas écrire, dit Leila en s'accroupissant
à côté de Parvana. Je ne suis jamais allée à l'école.
Ma mère non plus. Ni ma grand-mère. Elles voulaient que j'y aille, mais maintenant il n'y a plus
d'école.

— Je peux t'apprendre à lire et à écrire », dit Parvana. Asif était assis à côté d'elles, il tenait la main
de Hassan et essayait de le faire tenir debout. Parvana le vit lever la tête, mais il ne dit rien.

« Tu peux aussi apprendre à Grand-Mère ? »

Parvana hocha la tête.

« Bien sûr.

— Elle a toujours voulu avoir un livre, poursuivit Leila. Elle me disait toujours que si elle avait un
livre, elle apprendrait à lire, elle s'assiérait pour lire
quand elle aurait fini son travail de la journée. Elle
disait que ça lui ferait penser à autre chose, et qu'elle
aimerait ça. »

Parvana eut tout de suite l'idée qu'il fallait.

Elle avait encore deux des livres de son père. L'un était petit, avec une couverture de papier. L'autre était plus grand, et relié. Elle apporta le grand à la vieille femme.

C'était un mauvais jour, ce jour-là, pour Grand-Mère. Elle était retournée à sa place habituelle, face au mur, la tête à nouveau recouverte.

« J'ai un cadeau pour toi, Grand-Mère », dit Parvana en lui glissant le livre sur son matelas. Elle posa la main de la vieille dame sur la couverture du livre. « C'est un livre, il est pour toi, pour toi seulement. Et je t'apprendrai à le lire. »

La main toute maigre et toute ridée agrippa lentement la couverture du livre et le feuilleta. Parvana s'apprêta à retourner auprès de Leila quand la vieille femme lui attrapa la main et la serra.

« De rien », dit Parvana. Elle glissa le dernier livre de son père dans son sac à dos, le sac où elle gardait les lettres de Shauzia.

Son père serait content, se dit-elle. Et elle sourit.

15

Les semaines s'écoulaient à toute vitesse. Parvana savait que le temps passait mais elle ne songeait pas à garder une trace des jours et des événements. Certains jours il pleuvait, rarement. À la fraîcheur des soirées, elle savait que l'été allait bientôt laisser place à l'automne.

« Nous terminons le dernier sac de farine », annonça Asif un matin. Il s'était lui-même désigné comme responsable de l'intendance. « Il ne reste plus qu'une boîte d'huile, et un sac et demi de riz.

— Tu en es sûr ? » demanda Parvana.

Asif se contenta de la regarder d'un air de dédain, puis lui tourna le dos et repartit.

Parvana grimpa au poste d'observation pour voir si sa mère apparaissait, et réfléchit. La brise était fraîche, en haut de la petite colline.

Elle essaya de se représenter combien de temps allaient durer les provisions. Ils avaient également des pommes, à présent, mais pas tant que cela.

« Même si nous faisons extrêmement attention, cela ne suffira pas pour l'hiver », dit-elle en s'adressant aux nuages. Elle s'était trop laissé prendre par ses activités, et pas assez préoccupée de la mauvaise saison qui n'allait pas tarder.

Leila la rejoignit et s'assit à côté d'elle. Une de ses tresses était en train de se défaire. Parvana la lui refit, tandis qu'elles discutaient.

« Pas de mère à l'horizon ? demanda Leila.

— Pas aujourd'hui.

— Peut-être demain.

— Nous n'avons bientôt plus rien à manger », dit Parvana, qui songea aussitôt qu'elle aurait mieux fait de se taire. Ce n'était pas malin d'inquiéter la petite fille. Mais elle l'aurait su bientôt, de toute façon...

« Ne t'en fais pas, dit Leila. Le champ de mines va nous protéger.

— Bientôt, j'espère. »

Tout en discutant, elles observaient un escadron d'avions qui traversaient le ciel à toute allure. Un moment plus tard il y eut un bruit de tonnerre qui grondait au loin. Puis elles virent de la poussière s'élever derrière les collines.

Les filles avaient déjà vu ces avions. Ils n'avaient rien de particulier.

« Des adultes qui s'entretuent », déclara Parvana, et elle se tourna dans l'autre direction, peut-être que sa mère viendrait par là.

« Moi, je tue », dit Leila.

Parvana la regarda.

« Je tue les pigeons, poursuivit la petite fille. Je n'aime pas faire ça, mais ce n'est pas dur. Ça doit être beaucoup plus dur de tuer une chèvre ou un âne. Est-ce que c'est dur de tuer un enfant ? demanda-t-elle brusquement.

— Certainement, répondit Parvana. Mais il y a des gens qui trouvent ça terriblement facile.

— Aussi facile que de tuer un pigeon ?

— Plus facile, même, je pense.

— Nous, on mange les pigeons morts, dit Leila. Qu'est-ce qu'ils font avec tous les enfants morts ? »

Parvana n'essaya même pas de lui répondre. Elle mit son bras autour des épaules de sa petite sœur et toutes les deux regardèrent la fumée des bombes s'évanouir dans le lointain.

Des avions dans le ciel, les enfants en virent des quantités, les jours suivants, toujours plus nombreux. Le bruit des explosions arrivait jusqu'à eux et durait toute la nuit. Et nuit après nuit cela ne cessait pas.

« Je n'arrive pas à dormir, avec tout ce bruit, se plaignait Leila. Ces adultes ne savent donc pas qu'il y a des enfants qui essayent de dormir, ici ?

— Peut-être que nous devrions aller ailleurs, dit Asif.

— Rien ne nous arrivera, ici, affirma Parvana. Et puis Grand-Mère ne peut pas marcher très longtemps, pour l'instant. » La vieille femme continuait à s'entraîner à faire quelques pas dans la combe, mais elle marchait toujours très lentement.

Toute la nuit le ciel grondait comme s'il faisait de l'orage. Le bruit cessait le matin, et les enfants restaient parfois au lit jusqu'au milieu de la journée, pour rattraper le sommeil perdu.

Les après-midi, Parvana faisait l'école. Leila était pleine d'enthousiasme pour apprendre, mais elle trouvait difficile de devoir rester tranquille et de ne pas pouvoir parler pendant les leçons. Grand-Mère s'asseyait à côté d'elle, son livre en main, et elle écoutait. Parvana ne savait pas exactement ce qu'elle comprenait, mais cela lui plaisait que la vieille femme soit là.

« Je n'ai pas besoin de ton école débile », avait déclaré Asif. Il s'occupait de Hassan pendant la classe, mais Parvana remarqua qu'il était toujours suffisamment près pour pouvoir entendre ce qu'elle disait. Parfois elle le voyait qui essayait de tracer les lettres dans la poussière avec le bout de sa béquille, après quoi il s'efforçait consciencieusement de tout effacer.

Un après-midi, Parvana apprit à Leila à compter, en se servant des tas de pierres. Hassan était assis sur le pied d'Asif, ses bras cramponnés autour de la jambe du garçon. Chaque fois qu'Asif faisait un pas, Hassan se balançait et gloussait de joie. Parvana ne cessait de leur lancer des regards furieux – le babil du petit les déconcentrait – mais cela ne les empêchait pas de continuer.

Puis tous entendirent le bruit d'une explosion dans le champ derrière la vallée.

« Tu as entendu ? s'écria Leila en sautant debout. Je t'avais dit que le champ de mines nous protégerait ! » Elle s'élança vers le champ à toute vitesse, suivie de Parvana.

« Mais vous êtes complètement folles ! hurla Asif. Revenez ici ! »

Parvana ne lui accorda aucune attention. Leila avait pris de l'avance, mais Parvana était plus grande, et elle ne fut pas longue à rattraper la petite fille. Elles se précipitèrent dans le champ, là où la poussière de l'explosion tourbillonnait encore.

« Une chèvre ! s'exclama Leila. Mais la mine n'en a pris qu'un bout. Il y a encore tout ça ! »

Elles s'emparèrent d'une des pattes de l'animal

qui venait d'être tué et le tirèrent à travers le champ. L'image de l'araignée qui gobe la mouche qu'elle vient de prendre dans sa toile traversa une fois de plus l'esprit de Parvana.

Asif les attendait à l'entrée de la vallée. Il agitait sa béquille et leur criait quelque chose.

« Vous êtes des idiotes, toutes les deux ! Vous auriez pu vous faire tuer !

— Si tu continues à nous traiter d'idiotes, on ne te donnera pas de viande à dîner ! » dit Parvana. Leila et elle éclatèrent de rire et esquivèrent le coup de béquille qui leur était destiné.

Elles enfilèrent leurs vêtements les plus abîmés et préparèrent l'animal pour la cuisson. Asif dépeça la bête et trancha la carcasse en plusieurs morceaux. Ils décidèrent de rôtir la plus grande partie de la viande et de mettre les plus petits os dans une casserole, à bouillir pour une soupe.

« Viens, on va tout ranger et on va se faire beaux », proposa Parvana une fois que le travail le plus sale fut fait et qu'ils eurent enterré les restes de la dépouille dans la vallée. « On va fêter ça. »

Leila trouva l'idée superbe, et tandis que l'heure du repas approchait et que le parfum de la chèvre grillée emplissait la Vallée Verte, Asif lui-même accepta de se prendre au jeu. Il se lava et se changea, et fit la même chose pour Hassan.

Puis quand Grand-Mère eut également revêtu une

tenue de fête, avec l'aide de Parvana, la jeune fille se débarbouilla, avant d'enfiler le *shalwar kamiz* bleu de la mère de Leila. Ses cheveux étaient tout doux. Elle secoua la tête pour les faire bouffer autour de son cou. Mais oui, ils poussaient, ce n'était pas de la blague !

Et il lui vint tout d'un coup l'idée de prendre une fleur dans une bouteille qui servait de vase à des fleurs des champs que Leila conservait sur le rebord de la fenêtre, et de se la glisser derrière l'oreille.

« Oh, Parvana, ce que tu es jolie ! dit la petite fille. Tu ne trouves pas, Asif ? »

Asif regarda Parvana et imita celui qui est pris de vomissements. Parvana lui tourna le dos. Elle n'allait pas se laisser gâcher la fête par cet idiot.

La chèvre rôtie était succulente. Parvana ne savait pas exactement combien de temps la viande cuite allait tenir sans pourrir, aussi en mangèrent-ils le plus possible.

Le ciel était encore assez clair. Parvana alla chercher son sac à dos dans la maison. Elle avait l'intention d'écrire à Shauzia et de lui raconter le repas avec la chèvre trouvée dans le champ de mines, mais quand elle revint auprès du feu, Leila et Asif étaient lancés dans une séance de chansons. Elle rejeta le sac dans son dos et se joignit à eux jusqu'à ce que le feu s'éteigne doucement en un tas de braises d'un rouge profond.

À la tombée de la nuit, ils chantaient toujours, et les bombes se remirent à tomber.

Le grondement était nettement plus fort, ce soir-là. Parvana sentait la terre vibrer sous ses pieds. Elle entoura Leila de ses bras. Asif tenait Hassan sur ses genoux.

Les enfants continuaient à chanter. Plus le bruit était fort, plus ils chantaient fort. Le cœur de Parvana battait fort dans sa poitrine, elle avait trop peur pour pouvoir penser à quoi que ce soit d'autre.

Soudain une bombe explosa exactement à l'entrée de la Vallée Verte. La terre fut terriblement secouée. Le bruit leur entrait directement dans les oreilles, même s'ils se les couvraient des mains. Hassan hurlait.

Parvana et Asif conduisirent les plus jeunes un peu plus loin, à côté des rochers, au bord de la combe.

« Grand-Mère ! Viens par ici ! » cria Leila.

Mais Grand-Mère s'était roulée en boule, la tête couverte.

Leila voulut aller la rejoindre, mais Parvana le lui interdit. D'une main elle retenait la petite fille. De l'autre elle s'agrippait à Asif, qui protégeait Hassan de son corps.

Parvana le tenait ainsi sans le lâcher, tandis que la terre était de plus en plus secouée. Elle s'agrippait de plus belle alors que Leila se contorsionnait dans tous les sens en hurlant qu'elle voulait aller chercher sa grand-mère.

Elle la retenait toujours quand une bombe tomba en plein sur la Vallée Verte.

De la poussière, des pierres et des débris de toutes sortes s'abattirent sur le dos des enfants. Parvana ne distinguait plus qui hurlait. C'était elle, peut-être.

Ils se cramponnaient tous l'un à l'autre dans l'obscurité de la nuit, tandis que les bombes n'en finissaient plus de tomber tout autour d'eux.

Le silence revint avec la lumière du jour.

Au milieu de la combe, il y avait un grand cratère.

Grand-Mère n'existait plus. La maison n'existait plus.

La Vallée Verte n'existait plus.

16

Chère Shauzia,

Nous voici de nouveau sur la route. C'est comme si nous ne nous étions jamais arrêtés. Peut-être que la Vallée Verte n'était qu'un rêve. Je devrais cesser de rêver. Tous mes rêves tournent au cauchemar.

C'était dur la dernière fois, mais là ça me paraît encore plus dur. Dur de dormir sur le sol nu après des nuits et des nuits passées sur un matelas. Dur d'avoir faim après des mois où on a mangé tous les jours. Et plus dur encore de passer ses journées à marcher alors qu'on a eu une maison.

J'espère que tu vis dans un endroit génial. Invente-toi une vie vraiment incroyable, ça sera autre chose que la mienne.

Leila ne voulait pas quitter la combe. Elle n'arrêtait pas de dire que sa mère allait revenir et qu'elle ne la trouverait pas. Elle m'a demandé d'écrire un petit mot pour sa mère. Heureusement que Leila ne lit pas encore trop bien, parce qu'il a fallu que j'écrive que je n'avais aucune idée de là où nous nous rendions.

Hassan pleure, pleure, pleure sans arrêt. Au début, il me faisait de la peine. Maintenant, ce qui m'est insupportable c'est seulement le bruit.

Comme s'il savait ce qu'elle était en train d'écrire, Hassan fit entendre un gémissement perçant.

Parvana jeta son carnet par terre.

« La ferme ! cria-t-elle. On a essayé de faire tout ce qu'on a pu pour toi, on n'y est pas arrivés, alors tu te tais !

— Il ne comprend pas ce que tu lui dis, dit Asif en prenant le bébé sur ses genoux. Il avait l'habitude de manger à sa faim, et il nous en veut de ce qu'on ne lui donne plus rien à manger. »

Parvana détestait ces moments où Asif se montrait plus intelligent qu'elle. Elle reprit son carnet et le rangea dans son sac à dos. Puis elle remarqua que Leila pleurait, elle aussi.

« Tu veux que je te donne un cours de lecture ?

proposa Parvana d'une voix douce. Mon père me donnait des leçons quand on faisait une pause. »

Leila secoua la tête et essuya les larmes qui baignaient ses joues.

« J'aurais dû aller chercher Grand-Mère, dit-elle. Tu aurais dû me laisser aller la chercher. »

Parvana voulut prendre la petite fille dans ses bras, mais celle-ci ne se laissa pas faire. Leila pleurait en silence – ce n'était pas comme Hassan –, mais Parvana en avait assez d'entendre ces gémissements. Elle leur tourna le dos et alla marcher un peu. Que faire ? Elle n'en avait aucune idée.

Une colonne de chars passait au loin et deux avions volaient au-dessus d'elle, mais elle ne vit aucune bombe. Elle ne leur accorda pas plus d'attention que cela. Les chars, c'était tout ce qu'il y avait de plus normal. Les bombes ? C'était normal. Et manger ? N'était-il pas normal de manger ?

Ils avaient sauvé tout ce qu'ils avaient pu de la maison après le bombardement. Un peu de riz était éparpillé sur le sol. Ils l'avaient récupéré grain par grain. Il n'y avait pas assez d'eau pour le faire cuire, il n'y avait plus de casserole, et les enfants avaient dû le mâcher tout cru.

Ils eurent de quoi boire et de la nourriture pendant quelques jours. Puis plus rien. Cela faisait déjà deux jours. Pour Hassan, cela faisait plus encore, car il ne pouvait pas mâcher de riz.

Leur seule couverture était le châle dont Asif s'était enveloppé les épaules quand la bombe avait explosé. Avec le sac de Parvana, c'étaient tous leurs trésors. Hassan n'avait aucun vêtement de rechange, et il sentait mauvais à nouveau.

La plupart du temps, c'était Parvana qui le portait. Il voulait marcher à quatre pattes, et il donnait des coups de pied et gesticulait dans tous les sens quand on le portait. Il sentait mauvais, et Parvana sentait mauvais à son tour. Leurs beaux vêtements bleu clair étaient devenus des haillons puants.

« Nous sommes en bien pire état que nous n'avons jamais été », dit Parvana en s'adressant au ciel. Et pour couronner le tout, elle portait des habits de fille. Il fallait désormais qu'elle se comporte comme une fille – une fille qui était obligée, étant donné son âge, de porter un *tchador* en public, pour obéir aux règles des taliban. Elle n'avait même pas un morceau de tissu pour se couvrir la tête. Cela lui avait fait tellement plaisir de sentir ses cheveux au vent, le soir de la fête, qu'elle n'avait pas songé à les couvrir.

« Tu vas rester longtemps, assise là comme une idiote ? » lui cria Asif. Il devait hurler pour se faire entendre, avec Hassan qui braillait.

Elle resta encore un instant assise, en leur tournant le dos, puis se releva. Elle rejoignit les autres, prit Hassan dans ses bras, aida Asif à se remettre debout, et secoua doucement Leila.

« On y va », dit-elle.

Les enfants se remirent en marche. Que faire d'autre, de toute façon ?

À un moment, au milieu de l'après-midi, Asif s'écria : « Un ruisseau ! »

Parvana regarda la direction qu'il indiquait. Il avait raison. Peut-être pas un ruisseau, mais au moins un endroit avec un peu d'eau.

« Il faudrait qu'on la fasse bouillir », dit-elle, mais Asif et Leila étaient déjà en train de se désaltérer. Parvana se dit qu'elle n'avait vraiment aucune idée de rien. Comment auraient-ils pu faire bouillir de l'eau ? S'ils tombaient malades, eh bien tant pis, ils tomberaient malades. Cela valait mieux que de mourir de soif.

Elle recueillit de l'eau au creux de ses mains et but abondamment. L'eau était boueuse, mais cela ne faisait rien. Elle fit boire Hassan puis elle entreprit de déshabiller le bébé.

« Qu'est-ce que tu fais ? demanda Asif.

— Je vais le laver et laver ses vêtements. Au cas où tu n'aurais pas remarqué, il pue.

— Je croyais que c'était toi. »

Parvana attrapa la couverture dont Asif s'était recouvert les épaules. « Pour lui tenir chaud », dit-elle. Il y eut dix secondes durant lesquelles elle espéra que Hassan mouillerait le châle – cela lui apprendrait, à Asif – mais elle changea bientôt d'avis quand elle se rappela qu'ils allaient tous devoir dormir sous cette même couverture.

Ils restèrent auprès du ruisseau toute la fin de la journée, buvant de l'eau chaque fois que la faim se faisait sentir.

« Les vêtements de Hassan ne sont pas encore secs », dit Leila alors que la nuit tombait. « Nous n'avons rien de sec à lui mettre. Il va attraper froid. Tu aurais dû attendre demain pour faire sa lessive. »

Asif enleva sa chemise et en enveloppa le bébé.

Parvana l'entendit toute la nuit qui frissonnait.

Il faisait frais, le lendemain matin. Hassan avait souillé la chemise d'Asif, et Parvana dut la laver. Asif s'était enroulé dans la couverture, attendant que sa chemise sèche, mais dans cet air glacial, cela prenait un temps fou. Il finit par la remettre alors qu'elle était encore humide.

« Tu n'as aucune idée de là où nous nous trouvons, hein ? demanda-t-il à Parvana sur un ton de reproche, tout en frissonnant sous le froid de la chemise mouillée qu'il venait d'enfiler.

— Non, dit Parvana, trop épuisée pour imaginer quoi que ce soit qui puisse le rassurer.

— Et tu sais où on va ?

— Trouver de quoi manger, répondit-elle. Maintenant, tu en sais autant que moi, et si ça ne te plaît pas, tu es libre d'y aller tout seul.

— Ne t'imagine pas que je vais faire ça, marmonna Asif.

— Il y a de quoi manger, dans ton sac ? demanda Leila.

— Non, bien sûr que non.

— Regarde quand même, suggéra la petite fille. Il y reste peut-être quelque chose que tu as oublié.

— S'il y avait de la nourriture, je ne l'aurais pas oublié. Il n'y a rien à manger dans mon sac.

— Mais pourquoi tu ne vérifies pas ? insista Asif. C'est que tu nous caches quelque chose. Tu as certainement tout un tas de choses à manger que tu avales quand on dort. »

Parvana fit entendre un profond et bruyant soupir, et déversa le contenu de son sac par terre.

« Des allumettes, un carnet avec des lettres pour mon amie, des stylos, le magazine de ma mère, un livre. » Elle prenait les objets un par un en les désignant. « Rien à manger.

— Qu'est-ce que c'est que ce livre ? » demanda Leila.

Parvana attrapa le petit livre avec sa couverture en papier.

« C'est en anglais, dit-elle en montrant les lettres.

— Tu parles anglais ! dit Leila, enthousiaste. Dis-nous ce qu'il raconte. »

Parvana ne connaissait pas très bien l'anglais, il fallait qu'elle se concentre, ce qui était difficile. Son cerveau n'avait plus l'habitude de travailler, elle ressentait à nouveau cette sensation qu'elle éprouvait toujours lorsqu'elle avait faim. Elle prononça les mots comme son père le lui avait appris, puis les traduisit.

« *Alouette, je te plumerai*[1], déchiffra-t-elle lentement.

— Qu'est-ce que c'est, une alouette ? » demanda Asif.

Parvana l'ignorait. « C'est comme... comme... un genre de poulet, répondit-elle. C'est un livre qui parle de poulets auxquels on tord le cou.

— C'est débile, dit Asif. Pourquoi est-ce qu'on écrirait un livre entier sur des poulets auxquels on tord le cou ?

— Il y a bien des tas de façons de tordre le cou à des pigeons, répliqua Leila. C'est peut-être pareil pour les poulets. C'est peut-être un livre qui nous dit quelle est la *meilleure* façon de tuer un poulet. Ou un livre qui nous dit ce qu'on doit faire d'un poulet quand on l'a tué. Tu sais, je veux dire différentes manières de le cuisiner.

— Moi, j'aime quand il est cuit au feu, c'est ce qu'il y a de meilleur, soupira Asif. Tu te souviens du

---

1. Roman de Harper Lee, auteur américain.

poulet qu'on a volé ? demanda-t-il à Parvana. Qu'est-ce que c'était bon. »

Parvana approuva. Cela avait été un repas particulièrement fameux.

« Ma mère faisait des ragoûts de poulet, dit-elle. Un jour, elle m'en a fait un pour mon anniversaire, quand nous vivions dans une vraie maison, avec beaucoup de pièces. On a fait une fête. Même Nooria était sympa, ce jour-là. » Par habitude, et non parce qu'elle avait quelque réel espoir, Parvana jeta un rapide regard autour d'elle au cas où sa mère arriverait.

« Tu crois que le livre a le même goût que le poulet ? demanda Leila.

— Non, je ne crois pas, dit Parvana.

— Si, sans doute, dit Asif. Elle garde sûrement tout pour elle. Elle est méchante à ce point-là.

— Parvana n'est pas méchante », rétorqua Leila – et ce fut les premiers mots gentils qu'elle prononça pour Parvana depuis le bombardement. « Si ce livre était bon à manger, elle le partagerait avec nous.

— Elle est plus méchante qu'une vieille vache, reprit Asif.

— Bon, eh bien, tenez, vous n'avez qu'à voir vous-même ! s'écria Parvana qui leur déchira quelques pages du livre sur les alouettes et les leur tendit.

— Et toi ? demanda Leila. Tu dois avoir faim, toi aussi. »

Parvana se déchira une page pour elle, en déchira une autre pour Hassan, mais Hassan avait repris son regard morne et ne s'intéressait nullement à ce qui se passait.

« Qu'est-ce qu'on attend ? » demanda Parvana. Elle mordit la page, et arracha une bouchée de papier avec ses dents. Leila et Asif en firent autant.

Le livre n'avait pas un goût de poulet. Il n'avait pas de goût du tout, mais au moins on avait quelque chose à mâcher, et après avoir mangé une page, les enfants en entamèrent une autre.

« Où on va, maintenant ? demanda Asif.

— Ce n'est plus moi qui décide, dit Parvana en s'allongeant sur le sol. Je suis fatiguée d'avoir toujours à prendre les décisions.

— Si ça n'a pas d'importance, où nous allons, alors pourquoi ne pas suivre le ruisseau ? suggéra Leila. Au moins nous aurons quelque chose à boire. »

Parvana s'assit et lança un regard plein d'admiration à la petite fille.

« Au moins il y en a une parmi nous qui a de bonnes idées, dit-elle.

— C'était justement ce que j'allais proposer », protesta Asif.

Les enfants examinèrent le cours de la rivière dans les deux sens.

« Il y a des arbres par là, dit Asif. Peut-être qu'on trouvera quelque chose à manger. »

C'était bien d'avoir un plan, même un tout petit plan. Les enfants se remirent en route.

17

Toutes les nuits, les bombardiers se déchaînaient. Parfois cela se passait au loin, parfois un peu plus près, mais toujours quand l'obscurité se faisait, les grondements trouaient le ciel.

« Qui est-ce qui se fait bombarder ? » demanda Leila une nuit. Les quatre enfants se pressaient les uns contre les autres sous la couverture. Les deux plus jeunes étaient au milieu, il y faisait plus chaud. Parvana était de nouveau gênée par une pierre qui lui rentrait dans le dos et lui faisait mal, mais si elle bougeait cela voulait dire qu'elle obligeait les trois autres à bouger aussi. Asif et Hassan dormaient.

« Parvana, qui est-ce qui se fait bombarder ? demanda la petite fille à nouveau.

— Je ne sais pas, chuchota Parvana. Des gens comme nous, j'imagine.

— Pourquoi est-ce que les bombes veulent les tuer ?

— Les bombes ne sont que des machines, dit Parvana. Elles ne savent pas qui elles tuent.

— Qui le sait, alors ? »

Parvana n'était pas sûr de pouvoir lui répondre.

« Vu que les bombes tombent des avions, quelqu'un doit les avoir rentrées là-dedans, mais qui ? je ne sais pas. Et pourquoi ils veulent tuer les gens qu'ils sont en train de tuer cette nuit, je ne sais pas non plus.

— Pourquoi est-ce qu'ils ont voulu tuer Grand-Mère ? Elle n'a jamais connu personne qui ait fait rentrer des trucs dans les avions, alors comment pouvaient-ils même avoir l'idée de la tuer ?

— Je ne sais pas », dit Parvana. Elle prit la main de Leila sous la couverture. « Nous sommes sœurs, toi et moi, hein ?

— Oui.

— Alors en tant que grande sœur, mon rôle est de te protéger, dit-elle. C'est pour ça que je devais t'empêcher d'aller chercher ta grand-mère, l'autre nuit. Tu comprends ?

— Oui, répondit Leila. Tu as fait ce que tu devais

faire. J'étais en colère contre toi, mais maintenant c'est fini.

— Quand mon père est mort, cela me faisait du bien de me souvenir de lui. Si tu veux, raconte-moi des souvenirs que tu as de ta grand-mère.

— Elle aimait chanter, dit Leila au bout d'un petit moment. Elle m'a appris une chanson, ça parlait d'un oiseau. Tu veux que je te la chante ? »

Oui, Parvana voulait bien. Leila la lui chanta.

« C'est comme si elle était encore là, quand je me souviens d'elle comme ça, dit-elle. Tu crois qu'elle est heureuse, là où elle est ? Qu'est-ce qu'elle est en train de faire, à ton avis ?

— Je pense que les gens, après leur mort, doivent faire ce qu'ils ont envie de faire, répondit Parvana. Ta grand-mère avait envie de lire, alors elle est sûrement assise au soleil, il fait chaud, elle est entourée de livres, elle lit et elle sourit.

— J'aimerais bien être entourée de belles choses, dit Leila.

— Mais tu es une belle chose, s'écria Parvana.

— Toi aussi. Nous sommes toutes les deux de belles choses, conclut Leila en gloussant.

— Dites, les filles, ça vous ennuierait d'arrêter de parler ? » râla Asif. Il leur tourna le dos, tirant la moitié de la couverture de son côté.

Parvana ne chercha pas à la récupérer. Asif avait

recommencé à tousser. Elle se rapprocha de Leila pour se réchauffer, la nuit était noire et glaciale.

Les jours suivants, les enfants longèrent le ruisseau le plus près qu'ils pouvaient. Au fur et à mesure qu'ils avançaient, il se transformait en un minuscule filet d'eau. Ils avaient tous été malades, mais ils continuaient tout de même à en boire. Ils se nourrissaient de feuilles et d'herbe, et de quelques autres pages du livre en anglais.

Hassan cessa de pleurer. C'est tout juste s'il gémissait, à présent, et il ne mangeait aucune des feuilles que les enfants tentaient de lui fourrer dans la bouche. Il ne détournait pas la tête, ni ne recrachait les morceaux. Les feuilles tombaient de ses lèvres parce qu'il n'avait même pas la force de les saisir dans sa bouche.

Près de la rivière, le sol était pierreux et le chemin devenait difficile. Ils avançaient lentement pour éviter qu'Asif ne tombe. Parfois, au loin, ils voyaient passer des gens, mais ils n'avaient aucune énergie pour se précipiter au-devant d'eux et leur demander de l'aide, et leurs voix ne portaient pas jusque là.

Cela faisait quatre jours qu'ils marchaient ainsi quand Leila aperçut quelque chose devant eux.

« Regardez », s'écria-t-elle.

Parvana gardait les yeux baissés vers le sol, cherchant pour Asif le chemin qui ait le moins d'aspérités. Elle leva les yeux. Non loin devant eux se trouvaient des gens assis sur une carriole. Ils n'avaient pas l'air d'être des soldats.

« Peut-être qu'ils pourront nous prendre avec eux pour un petit bout de chemin, dit Parvana.

— Je vais aller voir », proposa Leila.

En s'approchant, Parvana distingua une femme enveloppée d'un *tchadri* et entourée d'enfants, avec un homme debout à leurs côtés. Elle leva les yeux vers eux, secoua la tête et désigna du menton la roue de la carriole, cassée.

« Nous ne pouvons rien faire pour vous, s'excusa l'homme. Nous-mêmes, nous ne pouvons plus avancer.

— Est-ce que vous pourriez, s'il vous plaît, nous donner tout de même de quoi manger pour le bébé ? » demanda Parvana en tendant Hassan à bout de bras pour leur montrer dans quel terrible état il se trouvait.

La femme découvrit le bébé qu'elle-même avait dans ses bras. Un bébé de l'âge de Hassan. Parvana remarqua que les autres enfants avaient eux aussi le regard morne et des plaies au visage comme Leila en avait eu.

« Notre bébé va bientôt mourir, fit l'homme. Le vôtre aussi.

— Non », répliqua Asif.

L'homme continua comme si Asif n'avait rien dit.

« Je suis agriculteur, mais les bombes ont ravagé mon champ. Nous avons eu tellement peu de pluie – rien pour aider la terre à se refaire après les bombardements. Ce ruisseau était une vraie rivière, autrefois. J'allais y pêcher quand j'étais petit. L'eau était bonne à boire. Maintenant ce ne sont plus que des pierres. Les pierres, est-ce que ça se boit ? Est-ce que ça se mange ? » Il toucha doucement la roue brisée, il n'avait même plus la force de se mettre en colère.

« Où est-ce qu'on pourrait aller, maintenant ? lui demanda Parvana.

— On nous a dit qu'il y avait un camp, par là, dit-il en indiquant une direction de l'autre côté de la rivière. Je ne sais pas où, exactement. Allez par là. Vous rencontrerez d'autres réfugiés. Il y a plein de gens qui essayaient de fuir les bombardements. »

Parvana tendit le bras et saisit la main de la femme sous son *tchadri*. Celle-ci la lui pressa à son tour. Puis les enfants repartirent de leur côté.

« Ce doit être la rive, dit Parvana quand ils arrivèrent à l'endroit où la roche affleurait. Voyons, à quel endroit est-ce que l'eau rentre dans la terre ? »

La rive était abrupte. Asif dut la franchir de dos et sur les fesses, tandis que Leila lui portait ses béquilles. Il allait lentement, et l'effort le faisait tousser plus encore que d'habitude. Ils durent faire une halte avant de reprendre leur chemin.

« Je sens de la fumée, dit soudain Leila. Peut-être qu'il y a des gens en train de préparer de la soupe. Peut-être qu'ils ont plein de choses à manger et qu'ils nous en donneront.

— Ça m'étonnerait que quelqu'un ici ait plein de choses à manger », dit Parvana. Cependant, elle aussi sentait l'odeur de fumée. « Mais on peut toujours aller voir. »

Ils partirent dans cette direction. La fumée venait du pied d'une petite colline.

Les enfants restèrent un moment en haut de la butte, à regarder sous leurs yeux la forêt brûlée. Quelques arbres fumaient encore.

« Qu'est-ce que c'est ? demanda Leila.

— Un verger, répondit Asif. Tu vois comment les arbres sont alignés ? C'est un endroit où l'on fait pousser des fruits. »

On n'y ferait plus rien pousser du tout, à présent.

« Mon oncle avait un verger, raconta Asif. Avec des pêchers, surtout, et aussi des fruits rouges. Il m'accusait de lui voler des fruits en cachette. Est-ce que c'est voler, que de prendre de la nourriture quand on a faim ? Je travaillais pour lui des journées entières, et il ne me donnait pas assez à manger.

— Est-ce que c'est pour ça qu'il te frappait ? » demanda Parvana. Asif avait l'air d'avoir envie de parler, et elle, elle avait envie d'écouter.

« Il ne m'a jamais dit pourquoi il me battait. Je ne suis pas sûr qu'il ait eu besoin d'une raison particulière. Quand il me surprenait en train de manger les baies, il m'enfermait dans le cabanon. Il disait qu'il allait faire venir les taliban pour qu'ils me coupent les mains.

— Comment est-ce que tu as fait pour t'enfuir ?

— Les béquilles, c'est pratique pour casser les serrures », dit Asif avant d'entamer la descente de la colline à travers le verger calciné. Les autres le suivirent et bientôt ils arrivèrent en un endroit troué par des cratères de bombes.

Parvana n'aimait pas cela. Elle ne cessait de se dire qu'elle voyait des ombres bouger parmi les troncs noirs et silencieux. Elle se demandait quelle sorte d'arbres cela avait été. Des pêchers ? des abricotiers ? des cerisiers ?

Aucun oiseau ne chantait. C'est pour cela que c'était si calme.

« Leila, apprends-nous la chanson de ta grand-mère, celle qui parle d'un oiseau.

— Je n'ai pas envie de chanter.

— Moi, si. Ça m'aidera, je n'aurai plus peur. »

Leila leur apprit la chanson. Ils la reprirent en chœur jusqu'à ce qu'ils eurent traversé tout le verger. C'était un endroit où régnait la mort, et Parvana fut heureuse de le laisser derrière elle.

18

Chère Shauzia,

L'homme à la carriole cassée avait raison. On ren-
contre maintenant des tas de gens qui traversent le
pays comme nous. Nous mendions auprès de tous ceux
que nous croisons. Même auprès de ceux qui essayent
de mendier auprès de nous ! La plupart des gens n'ont
strictement rien. S'ils ont quelque chose, ils le par-
tagent avec nous – parfois c'est juste une bouchée,
mais ça nous maintient en vie un jour de plus.

Les gens nous disent sans cesse d'emmener Hassan
voir un médecin, mais où en trouver un ? et comment
le payer ?

Je me demande si cet homme a pu faire sortir sa carriole du lit de la rivière. Et si leur bébé va survivre.

Je me demande si nous survivrons.

À présent les enfants marchaient sur une route, ils avaient choisi d'aller dans la même direction que les autres voyageurs. Parfois ils se faisaient dépasser par un camion rempli de soldats. À un moment, une colonne de chars roula près d'eux dans un grondement terrible, tout le monde dut se mettre sur le bas-côté pour les laisser passer. Parvana se souvint du char sur lequel s'amusaient les enfants du village où son père était mort. Elle se demanda si des enfants joueraient un jour sur ceux-là.

Quelques minutes plus tard, ils entendirent les chars tirer vers le ciel.

Les avions bombardaient même de jour. Parfois le bruit était si fort que les enfants étaient plaqués au sol quand les bombes explosaient. Asif se blessa au visage en tombant sur des pierres. Son front dégoulinait de sang. Il devait sans cesse s'essuyer avec sa couverture, faute de bandages.

Les bombardements s'intensifièrent. Une bombe éclata juste au-devant des enfants. Les gens se dispersèrent, se réfugiant dans les buissons de part et d'autre de la route.

« Baissez-vous ! criaient-ils. Couvrez-vous ! »

Parvana courut avec le bébé sur le bas-côté. Asif était juste derrière elle. Elle avait le nez dans les tourbillons de poussière, de terre et de pierres qui tombaient tout autour d'elle, quand elle se rendit compte que Leila n'était plus avec eux.

Elle chercha à discerner quelque chose dans les décombres et vit la petite fille qui était restée debout en plein milieu de la route. Les mains en cornet autour de la bouche, elle criait quelque chose en direction du ciel.

Parvana passa Hassan à Asif et courut vers la chaussée. En s'approchant, elle entendit ce que disait Leila.

« Arrêtez ça ! hurlait-elle aux avions. Ne recommencez plus jamais ! »

Les avions n'avaient que faire de la petite fille. Ils continuaient à bombarder.

Parvana ne saurait jamais comment elle trouva la force d'agir. Elle attrapa Leila et courut avec elle vers le bas-côté, puis se plaqua sur elle pour l'empêcher de s'échapper à nouveau. Sa main libre rencontra celle d'Asif. Ils restèrent ainsi, sans bouger, jusqu'à la fin du bombardement.

Quand tout fut calme – hormis les pleurs des gens qui avaient perdu certains des leurs, et les hurlements des blessés –, les enfants se relevèrent et se remirent en route, une fois de plus. Ils ne pouvaient venir en aide à personne, et personne ne pouvait leur venir en aide.

Parvana vit un homme qui berçait tout douce-ment un petit garçon mort, une femme blessée avec son *tchadri* relevé, laissant son visage découvert, qui tentait de reprendre sa respiration, un enfant qui essayait de réveiller une femme allongée par terre et qui ne bougeait pas.

Les enfants devaient zigzaguer entre des mon-ceaux de cadavres d'animaux et de chariots détruits, des objets en miettes ayant appartenu à d'autres voyageurs, éparpillés partout sur la route – des chaussures, des casseroles, une jarre de couleur verte, une pelle cassée. Une odeur d'essence et de fumée flottait dans l'air, on entendait les cris de la folie et de l'agonie. Parvana avait le sentiment de tra-verser un cauchemar éveillé.

« Tu crois que nous sommes tous morts ? » demanda Asif.

Elle n'essaya même pas de répondre. Elle se contentait de marcher.

Toute la journée les enfants continuèrent de mar-cher. Ils étaient quatre corps de plus dans une longue file de gens qui avançaient droit devant eux pour la seule raison qu'ils n'avaient rien vers quoi se retour-ner.

« Je me dégoûte, dit Parvana qui se parlait à elle-même. La partie de moi-même qui est moi n'existe plus. Je ne suis plus qu'une partie de cette file de gens. Je n'existe plus. Je ne suis rien.

— Non, tu n'es pas rien », dit Asif.

Parvana s'arrêta et le regarda.

« Tu n'es pas rien », répéta-t-il. Puis il eut un large sourire. « Tu es une idiote. Ce n'est pas rien. »

Parvana le serra dans ses bras le plus fort possible – il n'eut même pas le temps de se rendre compte de ce qui lui arrivait. Elle fut stupéfaite de le voir lui rendre son étreinte – avant de la repousser vivement en faisant la grimace.

Ils continuèrent à marcher.

Le ciel s'assombrit ; des montagnes et des collines se transformèrent en boules de feu et en longues colonnes noires qui montaient dans le ciel sous les bombes qui les assaillaient. Une épaisse fumée leur piquait les yeux. La gorge de Parvana, déjà desséchée par la soif, lui brûlait lorsqu'elle essayait d'avaler.

Il faisait déjà nuit lorsqu'ils atteignirent le haut d'une petite crête, d'où ils purent observer les alentours.

Sous leurs yeux, étalées sur des kilomètres, des milliers de tentes et de gens.

Parvana avait déjà vu cela. Elle avait déjà séjourné dans un endroit comme celui-ci, avec son père, l'hiver précédent.

C'était un camp pour populations déplacées. Un camp pour réfugiés de l'intérieur[1].

Un toit pour quatre enfants épuisés et affamés.

---

1. Voir note page 30.

19

« Nous avons des centaines de personnes qui débarquent ici chaque jour, dit l'infirmière de la clinique du Croissant-Rouge[1] à Parvana et aux deux áutres enfants, tandis qu'elle prenait soin de Hassan. La situation était déjà suffisamment mauvaise. Et là-dessus une bombe a été lancée sur notre entrepôt de fournitures. Les tentes, les couvertures, la nourriture et les médicaments, tout s'est volatilisé en...

— Hassan va s'en sortir ? » demanda Asif.

L'infirmière avait déshabillé l'enfant, l'avait lavé et

---

1. Croissant-Rouge : l'équivalent musulman de la Croix-Rouge, organisation internationale qui apporte de l'aide aux malades et aux blessés en temps de catastrophe naturelle ou de guerre.

lui avait mis des couches propres – en quelques gestes efficaces et rapides, c'était fait.

« Il souffre de malnutrition sévère et de déshydratation, répondit-elle en lui plantant une perfusion dans le bras.

— Qu'est-ce que ça veut dire ? demanda Asif.

— Ça veut dire qu'il a faim et soif, répondit l'infirmière.

— Oui, merci, je sais, répliqua Asif qui criait presque. Je vous demandais s'il allait s'en sortir.

— Nous ferons de notre mieux », soupira-t-elle, et elle alla s'occuper d'un autre patient.

« C'est pas une réponse. » Asif brandit sa béquille pour l'empêcher de passer, et pour une fois Parvana fut enchantée de sa brusquerie.

L'infirmière s'arrêta et fit demi-tour.

« Il va mal, très mal, dit-elle. Je ne sais pas s'il s'en sortira. Mais j'ai vu des bébés aussi malades que lui qui s'en sortaient, alors ne perdez pas espoir. Maintenant, vous m'excuserez, mais il faut que j'y aille. »

Asif se laissa glisser au sol près du berceau de Hassan. Parvana et Leila s'assirent à côté de lui.

« Où sont les autres membres de ta famille ? demanda l'infirmière.

— C'est nous », répondit Parvana.

L'infirmière hocha la tête. « Ne gênez pas le passage », dit-elle, mais avec douceur, cette fois.

La clinique était une simple tente, de grande taille. Ils avaient fait la queue durant des heures avant d'être reçus. De l'endroit où elle se trouvait, Parvana ne pouvait pas voir grand-chose, mais elle entendait les gémissements et les pleurs, et tous les bruits du camp qui s'infiltraient dans la tente.

Asif et Leila s'allongèrent par terre sous le berceau de Hassan et ne tardèrent pas à s'endormir. Quant à Parvana, elle fut assez contente de pouvoir s'asseoir. Elle avait l'impression qu'elle pourrait rester dans cette position sa vie entière.

L'infirmière revint un peu plus tard.

« Tiens, dit-elle à Parvana, voici une autre couverture. Ne dis à personne que tu l'as eue ici. Il n'y en a pas assez, dans le camp ; il ne manquerait plus qu'il y ait une émeute ici. » Elle lui tendit aussi des chopes de thé et un peu de pain. « Vous ne pourrez pas rester ici tout le temps, ajouta-t-elle, juste maintenant. »

Juste maintenant, c'était très bien, pour Parvana.

« Vous n'êtes pas afghane, fit-elle remarquer à l'infirmière qui parlait dari avec un accent étranger.

— Je suis française, répondit l'infirmière. C'est une organisation humanitaire française qui m'a envoyée ici.

— Vous avez déjà vu les champs de fleurs violettes ? demanda Parvana, soudainement tellement excitée qu'elle avait agrippé le bras de l'infirmière.

Mon amie Shauzia est partie là-bas[1]. Ils existent vraiment ?

— Oui, je les ai vus, sourit l'infirmière. Ce sont des champs de lavande. On en fait du parfum. Ton amie a choisi un très bel endroit. Maintenant, bois ton thé pendant qu'il est chaud. Réveille ton frère et ta sœur. Il faudrait qu'ils boivent quelque chose de chaud. Ils pourront toujours dormir plus tard. »

Parvana les réveilla, ils burent leur thé et se rendormirent aussitôt.

Elle passa la nuit entière à se réveiller et se rendormir. Elle se laissait prendre par le sommeil, puis les bombes explosaient au loin. Ou bien elle se mettait à rêver qu'ils étaient toujours en train de marcher, marcher, marcher durant des kilomètres, et elle se réveillait à nouveau. Chaque fois, elle se penchait vers Hassan pour vérifier comment il allait. Il avait l'air si minuscule dans son berceau, avec son tuyau planté dans le corps. Parfois quand elle se levait, Asif était déjà debout en train de veiller sur le petit.

Au bout de deux jours, l'hôpital fut si bondé que l'infirmière dut demander aux enfants de laisser la place.

« Je suis certaine que nous allons trouver des familles qui vous accueilleront.

— On va s'installer tout près de la clinique,

---

1. Voir *Parvana, une enfance en Afghanistan*.

déclara Parvana. On ne veut pas s'éloigner de notre petit frère. »

L'infirmière leur tendit une lettre.

« Le Programme International d'Aide Alimentaire[1] a mis en place une boulangerie de l'autre côté du camp, expliqua-t-elle. Donnez-leur cette lettre, et vous pourrez avoir du pain tous les jours... enfin, presque tous les jours. Je vous prendrai de quoi manger quand je pourrai, mais ce ne sera pas beaucoup, ni très souvent. »

En guise de cadeau d'au revoir, elle leur donna aussi un morceau de bâche en plastique. Parvana lui en fut très reconnaissante. Elle savait comment s'en servir pour construire un abri.

À quelques mètres à l'extérieur de la clinique, Parvana tendit la bâche contre une barrière qui séparait la clinique du reste du camp. Elle fabriqua une petite tente et il lui resta encore assez de plastique pour pouvoir en couvrir le sol.

« Ça ne fait que quelques jours que nous sommes ici, et nous avons déjà de quoi manger, un toit pour nous abriter et une couverture en plus ; et Hassan a été vu par une infirmière, s'écria Parvana qui forçait un peu la voix pour avoir l'air gaie.

---

1. Programme International d'Aide Alimentaire : aide alimentaire apportée à l'Afghanistan par des associations humanitaires occidentales. Celles-ci s'occupent aussi des soins, de l'enseignement aux enfants et du déminage des champs.

— Je n'aime pas cet endroit, dit Leila. Il y a du bruit, trop de monde, et ça sent mauvais. Et si on retournait à la Vallée Verte ? Peut-être que Grand-Mère va bien maintenant. Peut-être qu'elle est assise en haut de la colline et qu'elle attend qu'on rentre.

— Nous sommes ici pour tout l'hiver », répliqua Parvana d'un ton ferme. Elle ne rappela pas à Leila que sa grand-mère était morte. « Nous sommes une famille. Nous restons ensemble. Je suis la plus grande, et tu dois faire ce que je dis. »

Elle n'ajouta pas qu'elle était à présent incapable de faire un pas de plus. Cet endroit était laid, mais au moins il avait le mérite d'exister. Ils étaient entourés d'adultes, ils pouvaient manger à peu près convenablement. Et puis, de toute façon, elle n'aurait pas su où aller.

« Je vais aller chercher le pain », proposa Asif. Il s'était déjà allongé sous l'abri, toujours pris par sa toux. Leila et lui toussaient à longueur de journée, à présent.

« Non, c'est bon, j'y vais », dit Parvana.

Elle n'avait aucune envie d'y aller. Aucune envie de se plonger dans une marée de gens désespérés. Elle avait connu cela dans les autres camps, elle savait qu'aller chercher le pain ou n'importe quoi d'autre voulait dire rester des heures debout à attendre. Elle ne pouvait laisser Asif y aller.

« Nous avons besoin de toi pour surveiller nos

affaires », lui dit-elle. Et à Leila : « Tu devrais rester ici, toi aussi, comme ça vous pourrez dormir et monter la garde chacun à votre tour. »

Elle leur dit de ne pas compter sur elle avant la fin de la journée. Puis elle s'empara de son sac à dos et prit la direction que l'infirmière lui avait indiquée.

À partir de là, les journées de Parvana se déroulèrent selon ce même schéma immuable. Elle se laissa prendre par le rythme des journées comme dans un rêve où elle flottait.

Chère Shauzia,

La nuit je n'arrive pas à dormir. Je m'assoupis un peu, puis Asif se met à tousser, ou c'est Leila, ou ils font des cauchemars et ils pleurent, ou alors ce sont les voisins qui crient, et ça me réveille à nouveau. Le jour je ne dors pas parce que je dois passer tout mon temps à faire la queue.

Souvent, là-bas, je perds mon temps. Trois fois, juste avant que j'arrive, alors que j'avais fait la queue pendant plusieurs heures, la boulangerie a fermé.

Il y a deux jours, la rumeur a couru qu'il y avait quelqu'un dans le camp venu choisir des gens pour les emmener au Canada. J'ai fait la queue pour ça toute la journée, mais rien ne s'est passé. La queue s'est disloquée, et je n'ai jamais su si les gens du Canada étaient vraiment là ou non. Et en plus, ça m'a fait rater mon tour pour le pain.

Quand nous avons installé notre abri, nous étions les seuls, dans ce coin. À la fin de la journée, quand je suis revenue avec le pain, c'est tout juste s'il y avait vingt centimètres de sol libre autour de notre bâche. Sur le moment je n'ai pas réussi à la retrouver, j'étais paniquée et je courais comme une folle en cherchant partout.

Asif tousse de plus en plus. Leila aussi, et la nuit on est vraiment gelés. Hassan va mieux, lui. Asif va le voir tous les jours, il laisse Leila garder le peu d'affaires qu'on a. Hier il nous a dit que Hassan pouvait maintenant lui attraper les doigts, et qu'il riait quand Asif lui faisait des grimaces. Il a raconté qu'il y avait un autre bébé qui dormait sur un matelas installé sous le berceau de Hassan. L'infirmière ne nous mentait pas quand elle disait qu'il n'y avait pas de place pour nous.

Partout où je vais, je cherche ma mère. Il faudrait que je fasse une recherche sérieuse, tente par tente, mais je passe toutes mes journées à faire la queue. Je n'espère même plus la retrouver. L'espoir, c'est du temps perdu.

L'infirmière m'a dit que les champs de fleurs violettes en France existent vraiment. J'espère que tu es là-bas. J'aimerais bien y être aussi.

Parvana posa son carnet et avança de deux ou trois pas dans la file. Elle aurait vraiment dû être ravie, songea-t-elle. Finalement, ils n'étaient plus seuls, et un adulte s'occupait de Hassan. Elle essaya de considérer les choses positivement – elle voyait autour d'elle les tentes faites de chiffons qui s'étendaient à l'infini.

« Excuse-moi, c'est pour quoi, cette queue ? » lui demanda un garçon.

Il y eut un long moment durant lequel Parvana fut incapable de se souvenir. Cela faisait tellement longtemps qu'elle attendait là. « Pour l'eau », se rappela-t-elle, montrant le bidon qu'elle avait emprunté à quelqu'un.

Ce fut enfin son tour de tirer de l'eau au camion, et elle rapporta le récipient plein d'un pas traînant.

Les bombardements se poursuivaient, les réfugiés s'entassaient dans le camp, occupant le moindre mètre carré.

« Ils ont vraiment besoin de s'entasser ici ? » se plaignait Parvana alors que de nouveaux arrivants menaçaient d'occuper leur abri. « Il y a un champ entier de l'autre côté de la clinique. Pourquoi est-ce qu'ils n'y vont pas ?

— C'est un champ de mines, fit remarquer Asif.

— Comment tu le sais ? »

Il la regarda avec son air de dédain habituel.

« Il y a des tas de choses que je connais et pas toi. »

Parvana se sentit soudain transportée dans le

minuscule appartement qu'elle habitait avec sa famille à Kaboul. Chaque fois qu'elle se disputait avec Nooria, elle n'avait nul autre endroit où aller pour lui échapper. Et maintenant, avec tout cet espace envahi par des tentes et des abris, elle n'avait nul autre endroit où aller pour échapper à Asif.

Elle jeta un œil sur le rabat de leur abri. À peine quelques centimètres les séparaient de la tente du voisin. L'homme et la femme se disputaient violemment en une langue que Parvana ne comprenait pas.

« C'est donc ça ? se demanda-t-elle. J'ai marché si longtemps pour me retrouver ici ! C'est vraiment ça, ma vie ? »

20

Les semaines passèrent. Il faisait de plus en plus froid. Certains jours il n'y avait pas de pain parce qu'un convoi d'aliments avait été bombardé.

« Peut-être que le champ de mines nous donnera quelque chose à manger, dit Leila.

— Mais bien sûr, et avec quoi est-ce qu'on va faire cuire tout ça ? demanda Parvana d'un ton agacé. Arrête de rêver et grandis un peu ! »

Leila se mit à pleurer. Parvana sortit de la tente et la laissa seule. Asif était parti rendre visite à Hassan, qui était en bien meilleure forme mais qu'on gardait toujours dans la clinique parce qu'il y faisait plus chaud. Parvana était soulagée de ne pas avoir à s'inquiéter de lui.

Elle erra entre les tentes, sous prétexte de rechercher sa mère – en fait elle essayait seulement d'apaiser sa colère.

Une odeur infecte de corps mal lavés infestait le camp. Il n'y avait aucun endroit pour faire sa toilette, et il faisait tellement froid qu'on n'imaginait pas se mouiller, de toute façon. Parvana n'avait ni pull-over ni châle et le froid la mettait de plus mauvaise humeur encore.

« Couvre-toi le visage ! lui cria un homme avec mépris. Tu es une femme. Tu dois te couvrir le visage ! »

« Occupe-toi de ce qui te regarde », pensa Parvana. Ce n'était pas le premier homme dans le camp à lui faire ce genre de remarque. Elle se serait couvert le visage si seulement elle avait eu quelque chose pour le faire, si possible quelque chose de chaud. Elle changea de direction et s'éloigna de lui.

La plupart des femmes restaient dans leur tente. Les hommes et les garçons se mettaient dehors, là où ils trouvaient de la place, passant leurs journées à regarder et attendre, il n'y avait rien d'autre à faire. Partout où passait Parvana, elle entendait les gens tousser et pleurer, elle voyait des enfants qui souffraient d'horribles plaies, dont le nez coulait, des gens amputés d'un bras ou d'une jambe, d'autres qui semblaient avoir perdu l'esprit. Ceux-là parlaient tout seuls, d'autres encore exécutaient des danses bizarres, se balançant et pleurant à la fois.

Même après des semaines dans le camp, Parvana ne l'avait pas parcouru en entier. Il était infini, qui sait. Il continuait peut-être, là-bas, une mer infinie de gens qui pleuraient, sentaient mauvais, avaient faim.

Un homme marchait avec un bébé dans les bras.

« Est-ce qu'il y a quelqu'un, s'il vous plaît, qui pourrait acheter mon bébé pour que je puisse nourrir ma famille ? suppliait-il. Mes autres enfants meurent de faim. Est-ce qu'il y a quelqu'un, s'il vous plaît, qui pourrait acheter mon bébé ? »

Parvana entendit un cri désespéré, un long hurlement – avant de se rendre compte que cela venait de sa propre bouche.

Une femme en *tchadri*, le visage caché, vint vers elle et l'entoura de ses bras. Elle lui parla tout doucement en pachtou. Parvana ne comprenait pas ce qu'elle disait, mais elle laissa reposer sa tête sur l'épaule de la femme, elle se sentait réconfortée, elle la serra dans ses bras à son tour. Puis la femme se dépêcha d'aller retrouver son mari.

Rien n'avait changé, mais tout d'un coup Parvana se sentit plus apaisée et plus forte. Elle retourna à leur abri pour s'excuser auprès de Leila et la prendre dans ses bras à son tour.

Plus tard, ce jour-là, ils entendirent un avion qui volait au-dessus d'eux.

« Il va nous bombarder ! cria Leila en se cachant sous une couverture.

— Ce n'est pas le bruit d'un bombardier, dit Asif. Viens, on va aller voir ce que c'est. »

Parvana et lui s'éloignèrent de l'abri. Des centaines de petits paquets jaunes tombaient du ciel.

« Leila, viens voir », appela Parvana tandis que l'un d'eux atterrissait non loin de là où ils se trouvaient. « Tout va bien. Ce ne sont pas des bombes. »

Les réfugiés observèrent durant de longues minutes le paquet jaune vif, se demandant s'il allait exploser. Finalement un jeune garçon d'une dizaine d'années marcha droit sur lui, lui donna un léger coup de pied, puis le ramassa. Il le tourna et le retourna entre ses mains et déchira la couverture de plastique jaune.

« C'est de la nourriture ! » s'exclama-t-il. Puis il serra le paquet bien fort sur sa poitrine et s'en alla en courant.

De la nourriture ! Parvana voyait plusieurs autres paquets du même genre éparpillés sur le sol ; elle courut vers l'un d'entre eux, mais d'autres qu'elle avaient eu la même idée. Une bagarre éclata entre une centaine de personnes qui s'étaient ruées sur le même paquet. Parvana était bousculée par la foule. Elle prit Leila et Asif par la main et ne les lâcha pas.

« Ce serait pas mal de rentrer dans notre abri, leur dit-elle. Il n'y a rien pour nous, ici.

— Il y a plein d'autres paquets là-bas, dit Leila en désignant le champ de mines. On dirait des fleurs. »

Parvana jeta un coup d'œil. Le champ était parsemé de petits points jaune vif.

Les enfants furent à nouveau pressés par une foule exaspérée qui déferla vers le bord du champ de mines. Parvana et les autres furent poussés vers la barrière qui interdisait l'accès à cet espace si dangereux.

« Revenez ici ! » Des hommes armés de bâtons essayaient de ramener l'ordre. « Sortez du champ ! C'est dangereux ! »

Mais les gens continuaient à pousser.

« On a faim !

— Ma famille crève de faim ! »

Parvana en entendit qui pleuraient et criaient, tous hurlaient la même chose.

Elle sentit qu'on la tirait par le bras. Elle se pencha.

« Je peux aller les chercher, lui glissa Leila à l'oreille. Le champ de mines ne me fera rien de mal.

— Tu restes ici avec moi. » Autour d'elle, les gens continuaient à pousser et à hurler. « Tu m'entends ? cria Parvana à Leila. Tu restes ici avec moi.

— Je reviens tout de suite », dit Leila, et elle se précipita vers le champ.

Parvana fendit la foule et l'attrapa par le bras. Elle tint bon, même si la petite fille tirait de toutes ses forces.

« On devrait faire sortir Leila d'ici avant qu'elle ne fasse une bêtise », cria Parvana à Asif, mais ses paroles se perdirent dans les hurlements de la foule.

Asif secoua la tête. Il n'entendait rien.

Parvana prit une profonde respiration, elle était sur le point de hurler à nouveau ce qu'elle venait de lui dire quand ils entendirent une explosion dans le champ de mines.

Horrifiée, Parvana tira violemment sur le bras qu'elle empoignait, et un enfant tomba à ses pieds. Sous le choc, elle regarda la petite fille d'un air hagard.

Ce n'était pas Leila.

« Leila » ! hurla-t-elle en se frayant un chemin vers la barrière. Elle vit sa sœur affalée dans le champ de mines.

La foule était à présent silencieuse. Parvana entendait les gémissements de la petite fille.

« Elle vit, elle vit encore ! cria-t-elle. Il faut aller la chercher !

— Il faut attendre l'équipe des démineurs, lui ordonna l'un des hommes qui gardaient l'entrée du champ.

— Quand est-ce qu'ils vont venir ?

— Dans deux jours, en principe.

— Mais il faut que j'aille la chercher ! » Parvana entreprit de passer sous la barrière. Le garde l'attrapa par la taille et la retint fermement.

« Tu ne peux rien faire pour elle ! Tu vas te faire tuer, toi aussi !

— C'est notre sœur ! cria Asif en donnant à l'homme des coups de béquille. Laissez-la passer ! »

Alors que le garde levait le bras pour se protéger des coups, Parvana lui faussa compagnie et se glissa sous la barrière.

Elle ne pensait nullement aux mines enfoncées dans le sol. Ni à la foule qui lui criait depuis la barrière. Elle ne pensait qu'à Leila.

Elle réussit à atteindre l'endroit où se trouvait la petite fille. Leila était couverte de sang. La mine l'avait blessée au ventre et aux jambes. Elle leva les yeux vers Parvana et gémit.

Parvana s'agenouilla à son côté et lui caressa les cheveux. « N'aie pas peur, petite sœur », lui dit-elle. Puis elle prit Leila dans ses bras et traversa le champ de mines en sens inverse pour regagner le camp.

Leur amie infirmière les attendait à la barrière. Des gens aidèrent Parvana à poser Leila sur le sol, tout doucement. Parvana s'assit et maintint la tête de la petite fille sur ses genoux. Elle sentait vaguement qu'Asif était là, à genoux près d'elle, et que l'infirmière tentait de les aider.

Leila voulut dire quelque chose. Parvana se pencha à son oreille.

La voix de la petite fille était à peine audible, tant elle souffrait.

« Ils étaient si jolis », dit-elle. Ce fut tout.

Des tas de gens se mirent soudain à s'agiter dans tous les sens autour de Parvana, mais elle semblait ailleurs. Elle savait qu'Asif pleurait à ses côtés. Elle savait que tous ces gens parlaient entre eux et qu'ils se poussaient pour voir ce qui s'était passé mais elle ressentait un chagrin tellement immense, comme un grand trou noir à l'intérieur d'elle-même, que rien de tout cela ne la touchait. Elle gardait la tête baissée, penchée sur le visage de Leila. Elle lui ferma les yeux et lui caressa les cheveux.

« Encore un enfant mort ! cria une femme. Combien faudra-t-il encore d'enfants morts en Afghanistan ? Pourquoi est-ce que le monde entier a besoin de se nourrir de la vie de nos enfants ? »

La femme s'agenouilla auprès du corps de Leila.

« Où est sa famille ? demanda-t-elle.

— C'est la sœur de ces deux petits, dit quelqu'un.

— Où sont ses parents ? Est-ce qu'elle a des parents ? Nous en sommes donc arrivés là ? Une petite fille meurt et sa mère n'est pas là ? »

Quelque chose dans la voix de cette femme toucha Parvana malgré le trou noir qui remplissait son cœur.

Elle leva la tête. La femme portait un *tchadri*. Parvana tendit la main et souleva le tissu.

Le visage de sa mère se tourna vers elle.

Parvana se mit à pleurer. Elle pleura, pleura, pleura encore, elle crut que jamais elle ne pourrait s'arrêter de pleurer.

21

Chère Shauzia,

Je t'écris cette lettre assise au bord d'un cimetière, un de plus. C'est le seul endroit tranquille du camp. Je porte un pull bien chaud que ma mère m'a trouvé.

Nous avons enterré Leila hier. J'ai mis des pierres autour de sa tombe, exactement comme j'avais fait pour la tombe de mon père il y a si longtemps déjà.

Mais c'est différent, pourtant. Cette fois je ne suis plus seule. J'ai ma famille d'autrefois – Mère, Nooria et ma petite sœur Maryam. Et j'ai ma nouvelle famille – mes deux frères, Hassan et Asif.

Mon petit frère Ali est mort l'hiver dernier. Mère pense qu'il est mort de pneumonie, mais elle n'en est pas certaine. Il n'y avait aucun docteur dans les environs quand il était malade.

Je leur ai raconté comment Père est mort. Ma mère dit que je n'y suis pour rien.

Il y a encore tant de choses que je ne lui ai pas dites, mais nous avons le temps. Nous avons le temps pour nous raconter nos histoires.

C'est vraiment un incroyable hasard que nous nous soyons retrouvées. La tente de Mère est de l'autre côté du camp. Elle était à la clinique avec une voisine qui n'osait pas aller consulter l'infirmière toute seule. Quand elle a entendu l'explosion, elle s'est précipitée.

J'aurais fini par la trouver, de toute façon. Ça m'aurait juste pris un peu de temps, c'est tout.

Nooria et elle font partie d'une organisation de femmes dans le camp qui est très active, ici. Les taliban sont trop occupés à faire la guerre pour se soucier des femmes qui militent dans les camps.

L'organisation a mis sur pied une petite école et essaie d'aider les gens à trouver ce dont ils ont besoin. Mère dit que Nooria est particulièrement douée pour ça. Je vois bien ce que ça peut donner. Elle doit être bonne dès qu'il s'agit de pouvoir commander les gens autour d'elle.

Nooria n'a pas trop cherché à me commander, pour l'instant, mais méfiance. Une vieille bique grincheuse *ne se métamorphose pas en douce colombe juste parce qu'un peu de temps a passé.*

Quel plaisir de se plaindre de Nooria à nouveau ! Ça me fait tout chaud à l'intérieur, comme si enfin il y avait quelque chose de normal en ce monde.

J'ai donné à Mère le magazine que j'ai gardé avec moi durant tout le voyage depuis Kaboul. Ça lui a fait très plaisir de le voir. Elle va le faire circuler dans le camp parmi les autres femmes, pour les encourager.

Il y a des tas de rumeurs qui circulent. Des gens disent que ce sont les Américains qui bombardent. D'autres disent que les taliban ont quitté Kaboul. Les gens racontent des tas de choses, et même que quelqu'un confortablement installé chez lui, dans telle ville, peut appuyer sur un bouton et détruire telle autre ville de là où il est, mais je sais que ce n'est pas vrai.

« Encore en train d'écrire à ta copine ? » demanda Asif qui venait vers Parvana en boitillant et s'installait confortablement à côté d'elle.

Parvana ne daigna pas lui répondre, espérant qu'il n'insisterait pas et lui ficherait la paix.

« Ça m'étonne même, que tu aies une copine, ajouta Asif. Tu as dû l'inventer. Je suis sûr que tu t'écris toutes ces lettres à toi-même.

— Bon, écoute, fiche-moi le camp, s'il te plaît », dit Parvana.

Il ne bougea pas d'un pouce, évidemment. Il resta un petit moment sans rien dire puis : « Je viens de parler avec ta mère. Et avec tes sœurs, aussi. Toutes les deux elles sont incroyablement plus jolies que toi. On ne peut pas imaginer que vous puissiez être de la même famille.

— Nooria et toi vous devriez vous entendre, rétorqua Parvana. Vous êtes vraiment insupportables, tous les deux.

— Tu vas sûrement rester ici avec ta famille, maintenant, non ?

— Oui, évidemment, qu'est-ce que tu crois ?

— Bon, eh ben, si tu imagines que je vais rester avec vous, tu te trompes drôlement. »

« Et ça y est, ça recommence ! » pensa Parvana qui lui répliqua aussitôt : « Je ne me souviens pas de t'avoir demandé de rester.

— Ce que je veux dire, c'est que tes sœurs sont jolies, ta mère est sympa, mais au fond, elles sont sans doute aussi foldingues que toi.

— Sans doute. »

Asif resta un moment silencieux. Parvana connaissait la suite. Elle attendait.

« Tu veux sans doute que je parte, dit-il. Je ne comprends pas pourquoi tu ne veux pas le reconnaître.

— Je veux que tu partes.

— Tu détesterais ça, si je restais.

216

— Oui, exactement.

— Bon, très bien, dit Asif. Je reste. Rien que pour t'embêter. »

Parvana sourit et retourna à sa lettre.

Le voyage a été long, et il n'est pas encore terminé. Je sais que je ne vais pas vivre ici toute ma vie, mais où est-ce que je vais aller ? Je ne sais pas.

Que va-t-il nous arriver, maintenant ? Est-ce qu'une bombe va nous tomber dessus ? Est-ce que les taliban vont venir ici et nous massacrer parce qu'ils sont furieux d'avoir dû quitter Kaboul ? Est-ce qu'on va se retrouver enterrés sous la neige et disparaître pour toujours ?

Je m'inquiéterai de tout ça demain. Aujourd'hui, ma mère est ici, mes sœurs sont ici, et mes nouveaux petits frères aussi.

J'espère que tu es en France. J'espère que tu es au chaud, que tu manges à ta faim et qu'il y a plein de fleurs violettes autour de toi. J'espère que tu es heureuse et pas trop seule.

Un jour ou l'autre, je viendrai en France, et je t'attendrai en haut de la tour Eiffel, dans moins de vingt ans.

D'ici là, je suis toujours
Ta meilleure meilleure amie,
Parvana.

Post-Scriptum

L'Afghanistan est un petit pays de l'Asie centrale. On y trouve à la fois les chaînes de l'Hindou Kouch, des rivières d'eaux vives et des déserts flamboyants. Il fut un temps où ses vallées fertiles produisaient des fruits en abondance, ainsi que du blé et des légumes. Depuis toujours, les conquérants et les explorateurs ont considéré l'Afghanistan comme la porte d'entrée de l'Extrême-Orient.

Le pays est en guerre depuis 1978, année où des combattants soutenus par les Américains ont commencé à s'opposer au gouvernement soutenu par l'Union soviétique. En 1980, l'Union soviétique a envahi l'Afghanistan, les combats se sont intensifiés, les bombes et les destructions à coups d'armes modernes ont tué des milliers de gens.

Après que les Soviétiques[1] ont quitté le pays, en 1989, une guerre civile a éclaté : différents groupes tribaux se sont affrontés pour le contrôle du pays. Des millions d'Afghans sont alors devenus des réfugiés, et vivent encore parfois, pour certains d'entre eux, dans d'immenses camps au Pakistan, en Iran et en Russie. Beaucoup sont nés dans ces camps sans les avoir jamais quittés. Beaucoup y ont trouvé la mort ou ont été mutilés ou sont devenus aveugles faute de soins suffisants.

Les milices des taliban ont pris le contrôle de la capitale,

---

1. *Soviétiques* : l'Union des républiques socialistes soviétiques (URSS) avant son éclatement ; elle comprenait la Russie ainsi que d'autres pays appelés républiques socialistes.

Kaboul, en septembre 1996. Ils ont imposé des règles extrêmement restrictives aux filles et aux femmes. Les filles n'ont plus eu le droit d'aller à l'école, les femmes n'avaient plus le droit de travailler, et les interdictions et les obligations vestimentaires ont été énormément renforcées. On a brûlé des livres, on a fracassé des postes de télévision, et la musique sous toutes ses formes a été interdite. Les taliban ont massacré des milliers d'opposants, parmi lesquels des civils, et en ont jeté en prison des milliers d'autres. Des gens disparaissaient purement et simplement, et souvent leurs familles ne savaient jamais ce qu'il advenait d'eux.

Bien que les taliban ne soient plus au pouvoir en Afghanistan aujourd'hui, ces guerres qui ont duré plus de vingt ans ont terriblement ravagé le pays. Les ponts, les routes et les installations électriques ont été détruites. Très peu de gens en Afghanistan ont de l'eau potable. Toutes les armées ont truffé de mines beaucoup de champs, ce qui fait qu'il est impossible aux agriculteurs d'y faire pousser quoi que ce soit. La population meurt de faim ou de maladies du fait de la malnutrition.

Le plus grand signe d'espoir pour l'Afghanistan est la réouverture des écoles, ce qui fait que tous les enfants, filles ou garçons, ont maintenant une chance de s'instruire. L'immense pauvreté et les destructions qui ont frappé le pays rendent indispensable l'aide des pays du monde entier pour construire des écoles et leur fournir le nécessaire. Avec cette aide, ils reconstruiront leurs vies, et pourront à nouveau espérer.

octobre 2002.

DEBORAH ELLIS

Deborah Ellis est née dans l'Ontario, où elle a passé ses années de jeunesse. Aujourd'hui âgée de quarante ans, elle travaille, à Toronto, comme conseillère pour une association familiale. Militante pour la non-violence dès l'âge de dix-sept ans, Deborah Ellis rejoint la ville de Toronto, après ses études de lycée, afin de militer pour la paix. Plus tard, elle s'investit dans un mouvement en faveur de l'égalité des femmes, centré sur les droits des femmes et la justice économique. Mais son engagement le plus fort est politique : Deborah Ellis est une fervente partisane de la politique antimilitariste. Les droits de son roman seront intégralement reversés à *Women for Women in Afghanistan,* une association qui apporte son soutien à l'éducation des jeunes filles afghanes dans les camps de réfugiés au Pakistan.

Composition JOUVE – 53100 Mayenne
N° 328637m
Imprimé par CAYFOSA QUEBECOR à Barcelone (Espagne)
Dépôt Éditeur n° 74449
32.10.2141.3/03 – ISBN : 2.01.322141.X
Loi n° 49.956 du 16 juillet 1949 sur les publications destinées à la jeunesse
Dépôt légal : mai 2006